JN270302

冬の猿
アントワーヌ・ブロンダン
野川 政美 訳
文遊社

目次

冬の猿

第一章

アルベール・カンタンは、一晩おきにベッドの中で揚子江を船で下っていた。河口まで三千キロ、途中で海賊に出くわさなければ二十六日の船旅だ。現地人の水夫たちがおとなしく働いてくれるなら、地酒の割当てを倍にしてやってもいい。のんびりしているわけにはいかない。ごつごつした岸壁にヨーロッパ人が立てた水位標識を見ると、すでに水量は減りはじめていた。今にも船は、アララット山に漂着したノアの箱舟のように泥土に突っ込む危険がある。

カンタンは、この予期せぬ事態にも、自分の力を見せつけられると思うとうれしくて仕方がなかった。ためらうことなく奥地へ踏み込んでいって、水牛の一群を買取る商談を始め、引き船人夫の調達にかかった。支払いは、中国通貨より両替率のよいメキシコドルを使う。黄色人種は前金でもらいたがるから、取引きには駆け引きが欠かせない。まさに腕の見せどころで、大勢の貪欲で狡猾な中国人たちを相手に、たった一人のフランス人カンタンが、若い水兵とは思えぬ持ち前の冷静さで渡り合うのだ。口元に薄笑いを浮かべながら、彼は紙幣の束を半分にちぎり、そのままでは使えぬようにしてから、片方だけを人夫の親方に渡す。残る半分は首尾よく仕事が終わってからだ。親方は、この有無を言わせぬ荒技の前では、相手のほうが一枚上と知って素直に頭を下げた。さて、またベッドの中での航海が始まった。運び入れるときに角まで水につかり、溺れ死んで漂う水牛の死骸を避けながら、まずはゆっくりと。妻はまだ眠っている。

チベットから運んできた、麝香《じゃこう》をとるヤクの皮を積んだ貿易商のジャンク船や、重慶の肥料取引所で高値のつく人糞を満載したサンパン船と行き交う。まれに、イギリスの小型砲艦に出会うこともある。利権をもつ五か国を代表して、油断のならない沿岸住民の航路妨害に目を光らせているのだ。そんな沿岸の村が攻撃を受けることがあった。藁小屋が焼け落ちる炎が、ときどき部屋の壁に躍る、パリへ向かう車のヘッドライトのゆらめきと溶け合っていた。カンタンは目を開け、ホテルの奥まったところにある大時計が整然と時を刻む音に耳をそばだて、他人事《ひと》のように、自分も六十をすぎてしまったのかと思っていた。気がつけばすっかり秋になっていた。熱帯用の海軍兵長の〝白服《ブラン》〟は、まるで雨季に晴れ上がった日のように汗でぐっしょり濡れていた。けだるそうに起き上がると、暗闇の中で寝間着を替え、枕の下の飴袋の中をアニスキャンディーをよけながら手探りで掻きまわす。それが好きになれないのはパスティス酒の味を思い出させるからかもしれない。

カンタンは、禁酒を決意すると間もなくキャンディーをなめはじめていた。ある聖霊降臨祭の月曜日、名も知らぬ客が教えてくれた気分転換だ。お礼に一杯おごってやった。というのも、この客はステラ・ホテルに来るほとんどの客と同様、底なしに酒を飲み続けたからだ。それに、禁酒したてで受付けにかじりついていなければならないカンタンにしてみれば、ホテルのバーにアペリチフを飲みにくる男たちに、その決意が固いことを示す意味もあった。

「アルベール、ねえ、調理場を手伝ってほしいの」

シュザンヌがいきなり配膳室の戸口に顔を出すことがある。夫が自ら大切なものを捨てたことで彼女は美しくなっていた。この無邪気な精神の持ち主も、何か思うところがあったに違いなかった。諦めの気持ちが勝手な期待感へと変わり、夫婦は生活をやり直しつつあると考えていた。世間は、シュザンヌが何でも自分の意のままになると思っていることを知らない。二度も果たせなかった、子供を生むことを別にして。

「放っておけ、なんとかなるさ。こっちも仕事がある」

カンタンは、蒼く血管の浮き出た物憂げな顔を妻のほうに向けた。お互いの気持ちはわかっていたし、二人の関係が危ういところまできているのは感じていた。が、当然のようにその話題に触れることを避けていた。だから、寝具の収納室の隣りに作った狭いダイニングでは、形だけワインの瓶を開けて、テーブルの上に置いていた。週末にその瓶を空にするのは、メイドと、こんな悩みとは無縁の、がっしりしたボーイフレンドだった。

シュザンヌは慎重なので、決してあからさまな態度を見せたり、要求をしたりすることはなかった。カンタンとしても、病人扱いされたり、妻の顔色をうかがっているように見られたりすることは我慢できなかっただろう。当時、彼の気性の激しさは周りでは恐れられていて、ささいなことで客を追い出すこともあった。そうでないときは、何かに酔いしれ、うつろな目で深く物思いに沈んでいた。仲間は彼のことをしらふの酔っ払いだと言った。確かに、カンタンはしらふだった。それは、ある晩、どういう理由《わけ》か『わしは酒をやめる』と宣言していたのだから間違いない。はじめの頃は、一《いち》か八《ばち》かの賭けという気持ちもさることながら、自尊心や自らの誓いが支えとなっていた。密かな処方箋に頼りだしたのは、もっとずっとあとになってからだ。

揚子江を船で下らない夜、カンタンは、H・Sと刻印されたステラ・ホテルの銀食器に顔を伏せながら、ノルマンディー沿岸の牧草地に腹這いになっていた。ガス弾が、あわてて海水浴をやめたドイツ軍兵士たちの頭上で滑るように飛び交っていた。砲火が中空に轟《とどろ》き、影が地上に揺れる。家畜小屋に突っ込んだ戦車が敷藁をまき散らし、投光器がナイフを投げるように鋭くあたりをなめまわす。ヘルメットを脱いでのんきに軍服のボタンをはずしていた兵士が四人、まるで捕虜のようにぴったり並んで目の前の焼け焦げた壁土に鼻をくっつける姿が現われた。遠くイギリス海峡に面した海岸のほうでは、煙に包まれた宝石箱の中の真珠のような明かりが明滅を繰り返していた。カンタンはリンゴの木の下にうずくまって、必死に声を押し殺していた。

このような夢の場面は、戦争も終わりに近づく頃、人生の岐路に立ったカンタンが突然選択を迫られたときの心境を暗示していた。それは昔の女のようにしばらく姿を見せなかったが、ベッドでシュザンヌが背を向けるとすぐ、当時のままの匂いを漂わせて現われるようになっていた。ところが、いざ現われてみると、こいつはすっかり年をとっていて、うるさくつきまとい、色目を使ってはカンタンをげっそりさせた。頭の中では、向こうから勝手にやってきたのだと思っていても、現実はそう単純に割りきれるものではない。

上陸作戦の翌日、敵はティグルヴィルからの全軍撤退を命じていた。占領下で安キャバレーになっていたステラ・ホテルは、カンタンが口を挟む間もなくトーチカと化した。四年間辛酸を嘗めてきた気難しい男にとって、これは死ぬか生きるかの問題だった。妻はトランク二つと証書類を持ってリジューまで避難したが、彼は一緒に行くのを拒み、危険をもかえりみず、立入り禁止区域の境界に一人とどまった。朝から晩まで瓦礫の中を徘徊し、熱帯用ヘルメットを被るのを条件にホテルの外階段を上がることを許されると、歩哨に立っていたかつての客を見習い扱いするカンタンの姿が見られた。放浪が心地よい夕暮れを迎えると、見捨てられた農家にもぐり込む。

そして、身のまわりの品を入れた粗末な包みを握りしめ、その財産だけは迫りくる災難から守りとおそうとしていた。気高くも、荒涼として、田園はじっと待っていた。もうすぐだ。夜はいつのまにか短くなり、あらゆるものを陽の光のもとで歴史の一ページとして記憶させようとしていた。もう曙光がその網を広げていた。

カンタンはウマゴヤシの中に寝転んで、網にかかった不思議な獲物を数え上げて遊んでいた。そっと心臓《ハート》を取り去れば食べられそうなまだ温かい恋人たち。香料のきいた油にたっぷり漬け込まれた酔っぱらい。漂流物に乗って漂い、洗濯女の怖《お》じ気をふるう独り者。これら累々たる死者たちは、砂浜に打ち上げられた溺死者のように生なましく記憶の表面に浮かび上がってきた。彼らを迎えたとき、カンタンは長い間忘れていた言葉を取り戻した。人はダイバーのようなものだ。ゆっくりと時間をかけ、なかなか姿を現わさない。カンタンは、兵役以来はじめて、中国にいたときのように美しい星を見た。

さらには、一九四四年七月十三日、悪魔祓いの砲弾がティグルヴィルを襲った。馬鹿げたものを引き換えにしたものだ。ウジェニー皇妃以来、顧みられることもなかった館が、真夜中に太陽の光を浴びた人形の家のように開かれた。途中で折れ曲がった鐘楼のシルエットが、飛び込み台を思わせる。けちなカジノが粉々に吹っ飛んだ。断崖にたちこめる硝煙の中で、カンタンは自分のつましい生活で得たものが崩れ落ち、それとともに日々の饒舌や倦怠も失《う》せようとしているのを予感した。

籠にとらわれていた憐れな〝青い鳥〟は、再びけたたましい声で鳴きはじめた。カンタンの胸に、何かと決別するというせつなくも甘い誘惑が生まれた。しかし、いさんで荷物をまとめ、扉をバタンと閉めて出ていく勇気はなかったし、またそこまでする嫌悪感があるわけでもなかった。そして、傷口は開いたままにしておくしかないと決意したとき、戦いの場は彼の心の中に移っていた。そこでは、カンタンの分身たちが彼の運命を巡って殺し合っていた。醜く年老いた戦争は、とうとう摩訶不思議な世界に踏み込み、大砲の一撃が魔法の杖の一振りのように、カボチャを馬車に変えてしまう。美しき〝青い鳥〟は、夢中になってはしゃいでいた。

それでもカンタンは、浮かれて仲間たちの前に出ていく気にまではなれなかった。無鉄砲なまねをしたことは、あの何でもお見通しという顔をして人を裁きたがる仲間たちにとって格好の餌食になることは予想できた。そして、いつまでも若き日の見果てぬ夢を抱いているむなしさを感じたカンタンは、ひどく苦しむことになった。かつて、共和国はカンタンに、熱帯や酒や安南女を与えてくれた。そこまではよかった。だが、イギリス空軍やドイツ空軍に頼り、三十年来のくびきを断ち切ろうとまでするのは、結局そのくびきを引きずる運命にあったということだ。明け方の三時頃、どこかの教会の下で鞄に腰を下ろし、行くあてもなく配給食を待つシュザンヌを想像するとき、この何の屈託もない女と一緒にそんな道を歩んでいくのは残酷なことのように思えた。カンタンの思いに関係なく物事は動いているようだった。できることといえば、苦悩に満ちた隠れ家、酩酊という荒々しい楽園を捨てることしかなかった。即座にこの王国を賭することにためらいはなかった。『もし再びホテルに戻り、夕暮れとともにシュザンヌがわしらの生活の証しであるあの看板に明かりをともすことができたら、そして、もしその明かりに誘われた旅行者に部屋の鍵を渡すようなことがあれば、わしはもう絶対に酒を飲まない、絶対に……』この酔っ払いの誓いの中で、神の名は爆撃の音に掻き消されてしまった。カンタンはがらくたのような身のまわりの品を詰めた包みに顔を埋めながら、憑かれたように耳元で振動するスプーンの金属音を聞いていた。

それからしばらくして戦闘が始まり、道路沿いの塹壕から追い立てられたカンタンは、次から次へと自分を家から引き離そうとする苦難を前に、もう一歩も退《ひ》かないと心に決めた。戦闘が小止《や》みになると、それまで何度もしていたように、道路脇に立ってヒッチハイクをした。すると、珍しくイギリスの小型装甲車が来て乗せてくれた。この乗務員たちに混じってティグルヴィルに戻った彼は、長い間、解放部隊の一員と思われていた。当のカンタンは、運命の巡りあわせで取り戻された家を一目見たとたん、そこが自分の牢獄になることをはっきり悟った。彼は新たに神と取引きするような人間ではなかった。解放者は、自らの誓いに束縛されて、捕虜となった。

ホテルは海岸と駅の中ほどにあり、被害は少なかった。敷地の周囲の鉄柵は倒れ、建物の外壁が剥がれて、屋根も穴があいていた。屋根裏部屋には砲弾の破片が散乱し、ガラスのかけらに埋めつくされた中庭には、マロニエの幼木に絡みついたカナダ人兵士の死体があった。しかし、頑丈に作られた壁はびくともせず、三部屋を賄えるほどの家具類も残っていた。そして何よりも、復旧の決め手となる配管類には水漏れひとつなかった。リジューから戻ったシュザンヌはにっこり笑って言った。「人間と同じね、失いそうになってはじめてその良さがわかるなんて」カンタンはすさまじい勢いで仕事にかかった。翌シーズンから営業を再開し、彼は約束を守った。これからはラベンダーの香りが朝の空気を満たす。それはタンスの中にきちんと整理された幸せのようだった。

十年が経った。渇きは静まり、腹が出てきたカンタンは、あらゆるものを呑み込み、反芻して、もはや何を悔やむこともなくなっていた。

食堂の営業はまずまず順調だった。夏は近くにあるリゾートホテルの何軒かと比べられるのが悩みの種だが、それ以外の季節、年中無休のステラ・ホテルはパリから来る旅行者がときどき利用してくれていた。カンタン夫婦は使用人も入れ替えた。女の料理人と、まだ少女のように若い二人のメイドで、その甲高い笑い声はガラス食器を震わせた。こうして、昔のことを知っているのは妻のシュザンヌただ一人となった。今やカンタンは、いかなる過去の記憶にとらわれることもなくなり、一日のほとんどを玄関ホールのカウンターのうしろで、世間の変化を眺めながらすごしていた。客たちはそのたそがれた穏やかな赤ら顔を、もうろくの表情とみていた。

一方、バーのほうは、彼が足を運ばなくなってから陰りが見えていた。土地の者たちは、店構えは貧相でも、運がよければ主人が一杯振る舞ってくれるような居酒屋に行って飲むほうを好んだ。旅行者たちも、酒飲みの本能的な嗅覚で、幽霊船のような店の雰囲気を入口で感じ取り、人の出入りが多いほうに行ってしまう。バーは酒の古さだけが自慢の瓶の墓場と化した。ストラスブール大通りにあるレストランから譲り受けた、仰々しいニス塗りの木製レジ機は、カンタン夫人が一九二一年に会計事務の講習を受けた、グラマーな女教師の教壇のように幅を利かせていた。当時のシュザンヌは、婚約したばかりの極東部隊の一兵長たる彼をピエール・ロチの風貌と重ねあわせ、コサック兵たちの妨害を受けながらも、シベリア横断鉄道に恋文を託していた。

カンタンは重慶近郊で兵役につくことを選んだが、これは本国が海外に置いた最も遠く離れた任地だった。一九〇五年の条約では、義和団事件が終結したあとも揚子江沿岸に数名の警備隊を駐屯させることが決められていた。まさに歴史の気紛れな産物というしかない。カンタンは、異国情緒に浮かれ、目新しい生活のひとつひとつに興味をもった。そして、自然と人間について多くのことを学んだが、その貴重な体験も、ただ大河を下るという夢を彼にありありと見せるのに役立っただけだった。とはいえ、酒を絶ち、キャンディーをなめはじめてからも、その突飛な空想は上海まで辿り着くことができなかった。夜毎にはまり込む単調な空想の中で、彼は河下りの細部にまでこだわり、寄港地でもめ事があれば進んで乗り出していって、絶えず旅の終わりを延ばしてしまう。それはまるで国際協定による自由航行の期限が切れるのを恐れるかのようであった。また、上海に着いてしまえば自分を欺く手だてがなくなり、その先には空虚な三十年の長い眠りしかないと知ることを恐れるかのようでもあった。

シュザンヌはくぐもった呻き声をだして、夫のほうに向き直った。カンタンは現実に引き戻されて動揺した。

「キャンディーなめてるのね」

以前は、この陰気なガリガリという音や満足げに飲み込む音が、ずっと昔のルームメイトの女の子たちのひそひそ話を聞くようで、彼女を苛立たせた。が、今はそれを耳にすることで何か気持ちが落ち着くようになっていた。夜はいつも日々の生活を穏やかに見せる。カンタンはびっくりしてキャンディーを飲み込んだ。

「寝てなかったのか、もう真夜中すぎだぞ」

「ええ……フーケさんは戻ったかしら」

「さあな。わしらの知ったことじゃない」彼は不満そうに言った。

くだらないとは思いながらも、カンタンもまたこのフーケのことを考えていた。それは、彼が今晩ステラ・ホテルのただひとりの宿泊客であるというだけではなく、何か他の漠然とした、はっきりさせるのをはばかるような理由からだった。あの青年が、明日にでも勘定を済ませて列車の時刻を尋ねたら、たぶん疑問は解けぬままになってしまうだろう。こちらが好感を持ったり、あるいは嫌悪感を抱いたりしはじめたとたんに、客の態度が豹変するのはよくあることだ。日頃聾唖者《ろうあ》のように振舞っているカンタンは、いつも土壇場になってそれを知った。時には何の気紛れか、不意に出ていき、二度と姿を見せない者もいた。部屋は換気され、客の記憶が一掃される。そんな部屋の白いシーツは午前中いっぱい窓枠に干されて風になびき、あわただしい客の出発を知ることになる。誰かがいなくなったことを知る葬儀の幔幕のようなものだ。

人がその表情を変える気配は、まず習慣にあらわれる。たとえば、朝食の紅茶がブラック・コーヒーに、ボージョレひと瓶がビシー水四分の一リットル瓶に、七時の起床が九時に、また、レアのステーキがカツレツに変わったりする。じっくりと観察すれば、もっと微妙な変化がわかるはずだ。みんながティグルヴィルで興味を持つことはだいたい同じだった。避暑客は天気が良いかどうかばかりを気にかけ、それが健康のもとだと思い込んでいた。セールスマンたちは、地域の購買力を値踏みし、金もうけに奔走する。子供たちは、憑かれたような情熱で小エビ取りに興じる。健康と金と愛を求めるのは、あまりにもありきたりだ。

カンタンは、カウンターのうしろに身をひそめ、くだらぬものに執着することでしか個性を発揮できない客たちを、似たりよったりの人間の集まりとして眺めていた。ところが、フーケが現われてから、彼のいる八号室は突如として一種独特の存在感を持ちはじめ、ホテルの他の部分とは違ったものになってしまった。もうそれはフーケ氏の部屋というしかなく、彼が立ち去り、何かを期待することがなくなるまで、一冬中そう呼ぶことになるだろう。

「門の鍵を渡したのね」と、またシュザンヌが聞いた。

「ああ。一人で入ってこられるようにな」

「欲しいと言われたの」

「いや、わしが持たせた」彼はすこし言い淀んだ。「どうもこの間の晩、鉄柵をよじ登ったらしいんだ。怪我でもされたら、こっちも迷惑だ」

「まだ若いから」とシュザンヌ。

カンタンはうなずいた。ただ、ガブリエル・フーケが三十五歳で、それほど若くないのは知っていた。長いまつ毛、縮れた髪、はだけた襟元、そしてすべてにためらいがちな動作が、華奢で少年のような体つきをさらに若く見せている。パスポートの学生という肩書は久しく止まったままの振り子時計のようで、宿帳には、パリから来て行き先未定、と記されていた。行き先が未定なのは若いということなのだろうか。

「ここへ来てからどのくらいになるかしら」

「今日で三週間だ」カンタンは生真面目に答えた。事実だけを言えばいいとき、いつも彼の声は低く、特徴のないものになった。

「ほんとにどうかしてるわ」シュザンヌが言った。

彼女はこの土地に生まれたが、シーズンオフにティグルヴィルにいることなど想像もできなかった。たとえシーズン中であっても、この何もない砂だらけの浜辺にそれほどの魅力があるとは思えなかった。安普請の別荘が建ち並び、頭の固い無愛想な住民が見下ろしているだけだ。八月も終わりになると、最後の旅行客たちが次々に荷物をまとめる。そんな能天気な一行を、内心舌を出しつつ曲り角まで見送ってしまえば、あとはほとんどやってくる者もいなくなる。たまに食事をしに姿を見せるのは、ガイドブックを片手に迷い込んで途方に暮れた家族連れや、狩猟にうつつをぬかす近在の名士たち、そして、おしゃべりで陽気なセールスマンくらいなものだった。

フーケは、十月一日に悄然とした様子でやってきた。とくに荷物もなく、一日分を前払いしていた。消えていなくなるのは今日か明日かと気をもたせたが、ずっと居続けるうちに習慣的な行動も目立ちはじめ、かえってこちら側がそれに慣れきってしまっていた。宿泊客のいないこの時期、ステラ・ホテルでは、手間を省くため食事のメニューは一種類しかない。立ち寄る客たちには評判がよかったが、それはまた食べにくることなどないからだ。ところが、この若者は二週間も黙ってムール貝のクリーム煮と舌ビラメの食卓についていたので、カンタンはメニューを増やすよう指示していた。こうしてフーケは調理場から、たまには肉料理も出されるようになっていた。彼は、気づかないうちに家族の輪の中に入り込んでいた。

ドーヴィルからフーケを乗せてきて、海岸通りを空で走り去ったタクシーの音が、今もシュザンヌの耳に残っている。エンジンの音は、この時期、大波がつくる波の花が両側を飾るアリスティド・シャニ大通りのはずれまで聞こえていた。すべてが再び静寂を取り戻したとき、玄関の呼び鈴が何かを訴えかけるように鳴った。少なくとも彼女は今そう感じる。カンタンは列車の時刻表から目を上げた。毎年万聖節に出かけるピカルディー地方への両親の墓参り旅行を、極地探検にでも行くように綿密に計画していたのだ。二人はとうに夕食を済ませていた。かまどの火は消え、女の料理人は今日も一度も料理することなく苛々を募らせて郊外の家へ帰っていった。明日は船が出られそうもないので、舌ビラメが残っているのは心強かった。夜勤番のメイドは別棟にさがって、羽布団の上でうとうとしていた。もう一人は、断崖のあたりをポーランド人の牛乳屋と散歩でもしているだろうか、いや、こんな雨模様なので、ムエット海岸にある旧トーチカの中で抱き合っているかもしれない。このホテルが、退役海軍兵長と農家の出の娘が自分たちだけのために建てたちっぽけな〝城〟のようなものだとすれば、ゆっくり気持ちよく夜をすごすにはそうするしかないだろう。

呼び鈴が鳴っていた。城の主が玄関に出ていくと、そこには夜遅くの来訪を詫びる若い男の姿があった。男はドーヴィルで列車を乗りすごしたことを説明し、夫の傍らに来たシュザンヌに紹介されるのを当惑げに待っていた。彼の顔は優しいが、疲れ果てていて、罪を悔い改めた天使のようだ、と彼女は思った。スエードの上着はボタンが一つ取れかけていて、結婚指輪をはめていないのは若者らしかった。何を悔い改めているのかは謎のままだった。用意した八号室からは、壊れたままの鐘楼の骨組みを隔て、遠くに鋼鉄の布を垂らしたような海が望めた。部屋に上がっていく前に長電話する彼に、カンタンはじれったそうな素振りを見せ、シュザンヌに先に行って寝るよう合図した。『行ってなさい。もうすこしかかりそうだから』夫が自分を遠ざけ、この来訪者を独り占めするように感じたのはどうしてだろう。不意に自分たちが身内に接するような態度を見せてしまったこのとき、フーケはもはや単なる宿泊客ではなくなった。カンタンたちもホテルの経営者ではなく、親しみをこめてもてなす夫婦として夜の闇を迎えた。

「他に何かご用は？」

いつもなら、下がり際にこの何気ない言葉を客に投げかけるのは、シュザンヌの役目だった。それをカンタンが口にしたことで、若者も言葉の響きに何かただならぬ気配を感じとったようだ。彼は、階段の途中で立ち止まったまま、カンタンの何か射抜くようなまなざし、その真剣で促すようなまなざしと目を合わせた。そして、すこし考え込んでから、〝ありません〟と答えた。普通の客は反射的に〝いえ、結構です〟と答える。フーケについて、まずシュザンヌが不安を感じたのはおそらくこのことだった。

フーケは紅茶とラスクの食事をとり、二日間部屋に閉じこもったままだった。そして、ある朝ドアの前を掃いていたメイドのマリー＝ジョーに気安く声をかけ、すこぶる上機嫌で階下に降りてきた。それまでに、新聞やタバコをたくさん注文していたので、シュザンヌも礼儀として、そうよそよそしくしているわけにはいかなかった。「まだ、部屋にこもっているつもりなの」彼は答えた。「心配しないでください。ベッドで新聞を読みあさるのは殺人犯だけじゃありません。財界人や劇作家だってすることです。世の中の動きで生活が左右される類いの人間ならね。僕は株の取引きはしないし、戯曲も書きません。もちろん人を殺したこともありません。ただパリという都会に特別な思いがあって、その情報なしではいられないんですよ」もっとも、籠城のような状態も長くは続かなかった。フーケはついに町に出ていった。それからというもの、彼は散歩を繰り返すようになり、冬のはじめに現われたよそ者の真意を測りかねる地元民たちの好奇心を煽《あお》った。彼は駅から鞄を一つ受けとり、郵便為替を送ってもらっていた。

「三週間だなんて」とシュザンヌ。「きっと町では噂になってるわ」

カンタンはベッドに起き上がった。

「とやかく言われる筋合いはない。余計なお世話だ。フーケさんはうちに泊まっているんだから、わしらの客だ。したいことをすればいいんだ。町のやつらに何か聞かれたのか」

「聞きたがるのは当然よ。話をそらせようとしたけれど、なかなかうまくはね。だって彼、あんなに派手なシャツに、コーデュロイのズボンで……」

「シーズン中ならよく見る格好じゃないか」

「だからみんなびっくりしているのよ。こんな時期に」

フーケはホテルの誰に迷惑をかけることもなかった。押しつけがましくなく巧みに日常生活に溶け込み、市場からシュザンヌに花を買ってきたり、メイドにチョコレートをやったりしていた。カンタンは断ったが、葉巻を持ってきたこともあった。フーケはこれらの細々《こまごま》した贈り物を、何も言わずにさりげなく置く。それは贈り物というよりも気持ちの表われで、探検家が未開人の中に発見したり、また、田舎の若い娘が恋人以前の若者に感じたりする、まだ言葉になりきらないようなものだ。穏やかにみえるときも、彼は周囲のものに対して無関心で、それはカンタンの無関心さと通じるものがあった。フーケは食事の時間に几帳面で、新聞を読みながらワインの小瓶を空ける。ところが次の日に理由もなく定食を断り、カニを買ってきて自分で料理するかと思えば、午後五時に起こしてくれと頼んだりした――それはそれでホテルには何か幸せな雰囲気があった。一方で、突然素顔を見せるときがあって、怒っているのではないかと気をもませた。しかし、フーケは怒っているのではなくて、何か別のことを考えているのだった。カンタンは、地元の人間から超越して生きるこの旅人を密かに観察していた。

「せめて何が目的なのかわかればねえ」とシュザンヌは溜息をついた。

「気楽なことだな」カンタンは冷ややかに言った。「わしらがいつも気にしているのは、年に八か月も空いたままの部屋が傷んできていることだ。おかげで経費ばかりがかさんで困ったものだと言っていたじゃないか。それでいて、長逗留《とうりゅう》の客が転がり込んできたとたん、この救世主を呼びつけて、眠る前にざんげをさせようというわけか。ここは修道院じゃない。自分が院長にでもなったつもりなのか」

「年齢《とし》のせいね」彼女は答えた。「先のことがわかりすぎても不安だし、わからなければわからないで息が詰まるの。その日その日をきちんとすごしていたいだけ。あなたが優しく話しかけたらきっと……」

「わしの知ったことじゃないし、話すこともない。あの男が心配の種といっても、それは彼の責任じゃない。わしらの問題だ。みんな退屈なんだ、わしらも、メイドたちも、この町もな……」

「それでも若い人を気にかけてやれるのは年寄りだから」

「あの男はわしらとはまったく違う。それに、わしらも年寄りじゃない……さあ、もうおやすみ」

「若い人が一人ぼっちなんてかわいそう」シュザンヌはまだ言っていた。

カンタンはフーケが戻っていないとわかっていた。確信はないが、そうだろうと思っていた。無意識に様子をうかがっていたのかもしれない。なんといっても、客の出入りに気を配ることは船長たる主人の役目だ。だからしばらく戸口に立ってもみた……それにしても、みんながとうに寝静まったティグルヴィルの町で、あの男が何をしているのか気になって仕方がなかった。カンタンは、このべたつくような突風が吹きさらす迷宮の中に、上品で弱々しい若者の姿を探し求めた。そして、ゆっくりと漢口へと針路をとり、甘美な中国の風物に囲まれていった。

カンタンは、またベッドから降りた。眠り込んだのかどうかわからなかった。鍵をまわす音は聞こえなかったが、意識の表面がひどく騒々しい物音で一気に乱されていた。大股で窓際に近寄った。

「誰だね」

庭は雨にひっそりとして、靄《もや》の中に、黒ずんだ洗濯物を干したような蔦と異端者の集会を思わせる紫陽花《あじさい》が見えた。気の進まぬまま、膨らんだ腹を窓の下枠に預けてのぞくと、ホテルの左の棟の一階で、重い木製の鎧戸《よろい》のすき間から光がもれていた。

「どうしたの」とシュザンヌが聞いた。

「バーで物音がする」

「行かないで」

カンタンは肩をそびやかした。中国では一年半の間、戸口に缶詰の空缶を並べて眠ったものだ。

盗賊の侵入に備えてのことだが、やつらは隣りの寺院の屋根伝いに駐屯地にもぐり込んできた。カンタンはまるで蛇口を閉めにでもいくかのように落ち着いてズボンをはいた。

食堂には暗闇の中で色彩を失った椅子やテーブルが並んでいる。その奥のバーに煌々と明かりがついていた。この部屋に詰め込まれたがらくたが、これほどカンタンを魅きつけたことはなかった。深紅色の獲物を描いた静物画が正面に見える。それがレジの上を飛んだ姿のまま凍りついた海鳥のように顔目がけてぶつかってくる感じがした。隅に横倒しになった野暮ったい戸棚は、市《いち》の狡猾な周旋屋ならうまい商売をしそうな代物で、かつてはカウンターとして使っていたはずだ。その挨にまみれた仕切り棚には、今も〝オクシジュネ〟や〝リエ〟のまがい物の大瓶が並び、また昔の悪い夢を思い出させた。マストと呼んでいた何本ものコート掛けは奥の壁際にまとめられ、惨めに枝を絡《から》ませていた。

ガブリエル・フーケは小さな丸テーブルの向こう側に座って、片肘の上に頭を乗せていた。カンタンが最初に目にしたのは、この生気のない、濡れた頭だった。その様子が腕の下に頭を抱え込んでいるように見えた。前には、食器棚のうしろから探し出したシャンパン桶や、ビール・ジョッキ、小型グラスなどのガラス器、それに、セールスマンが宣伝のために置いていった紙コップなどがいくつも並んでいた。紙コップのひとつは試飲用の瓶や容器と一緒に倒れていた。幸い、本物の酒は調理場の貯蔵庫に保管してあり、鍵はシュザンヌが持っていた。

「やあ、パパ」

カンタンは部屋に入る前から酒の臭いがするのはわかっていた。今はその酔った口調に気づいた。

「フーケさん、ずっとここにいたのかね」

フーケは立ち上がるとあたりを見まわした。しっかりしようと懸命になっていた。顔つきが今までとは違っていた。周りのものがぶれた写真のように見えているはずだ。目の焦点を合わせようとする姿は哀れだった。

「まあちょっと座って」と彼は言った。

カンタンは、そうする代わりに、出口のドアまで行って、差し錠をかけた。

「で、鍵は?」肩越しに穏やかに尋ねる。

シニストレ通りは、敷石の間が砂に埋まり、薄汚れた水が流れる二本の側溝が歩道に沿って防波堤のほうまで延びていた。

「あんたの鍵を僕がどうしたっていうんだ」とフーケ。「僕は自分の鍵を持つほど大人じゃないとでも」

カンタンは、若者が泥だらけで、シャツには血の跡があるのに気づいた。

「どうした。転びでもしたのか」

「ジプシーと喧嘩したんだ」

「どこで」

「ムール街さ」

「エノーの店か」

「覚えてない」

「ここにはジプシーはいない。また柵を乗り越えたんだろう」

「鍵があれば、そんなことはしないさ」

カンタンは、武器を取り上げるような手つきでフーケのポケットを探ると、ホテルの鍵をつまみ出した。

「おっと、カンタンさんよ、人の弱みにつけ込んだな」フーケはにやにや笑った。

この瞬間、優しさや脆さがフーケから消え、ビールの泡のような怪しげな若さだけが姿を見せた。この手の憎まれ口を叩かれると、生意気なやつだと思いながらも、魅せられてしまう。

「傷の手当てをしたほうがいいんじゃないか」カンタンが聞いた。

「気にするなって。それより二人で一杯やろうぜ」

「ありがたいが、うちは閉めているんだ」

「じゃあ、こいつはどうだい」

フーケは、ズボンのポケットの中から平たい瓶を取り出すと、前に並べた二つのグラスに注意深く注いだ。

「一緒に乾杯しようよ、パパ」

「わしは飲まないんだ」カンタンは言った。

「うそだろう。顔を見りゃわかるぜ」

「こういう顔なんだから仕方がないさ」

フーケはまじまじとカンタンの顔を見た。

「なるほど、その年じゃもう手遅れか。作り直すってわけにはな……芯まで凍っちまってやがる……ところで、あんたをパパって呼ぶのは迷惑かい」

「かまわんよ、フーケさん。どうせ明日になれば忘れちまうんだから。さあ、もう寝たほうがいい」

「まあ、聞いてくれよ、僕がこの家の息子だとすれば……いや、この家の息子だからこそ……だって、そうじゃなかったら、あんたのところに来たりしないよ……だとすればだね、あんたは僕の父親だ……そんなわけだから、乾杯、パパ……」

彼は乾杯のしぐさをして、自分のグラスを一気にあおると、不機嫌に口を尖らせた。

「どうしてもつき合わないのか」

「誰に酒を売ってもらったんだ」カンタンが聞いた。怒りがこみあげてくるのがわかった。

「エノーさ」フーケは人差し指を口に当てた。「でも、他人《ひと》に言うなよ。秘密の場所だから……なぜそんな目で僕を見るんだ」

「もういい。さあ、寝なさい」

「まだ時間はたっぷりある。プラドが閉まるのは七時だ」フーケは勿体ぶった言い方をした。「クレールは突然やってくるようなことはしないさ……プラドに行ったことはあるかい……知ってるなら話してみてくれ」

「庭園だ。美術館がある」

「列車《ワゴン》なのさ！」フーケは勝ち誇ったように答えた。「僕とクレールはそうやって旅行したんだ」

彼は立ち上がると、壁にかかった絵のそばへ行って、中の一枚を爪で叩いた。それは一羽のキジが色がわからないのか、まだ青いコケモモを夢中でついばんでいる絵柄だった。

「列車《ワゴン》！　立った馬、つまりベラスケスの後脚で立ち上がった馬と……それからグレコの細長い人物……わかるよな、僕とクレールはいつもプラドの切符を二枚買って、百年の夢を見ていたんだ……あんたクレールを知ってるか」

「いや」カンタンは思わず答えた。「女友だちかい」

「そうさ。鍵も持ってるんだぜ」

「それは結構なことで」カンタンは丁寧に言った。

「ただ、鍵を持っていっちまったんだよ……だから鍵を持っていない男とは酒が飲めないなんて言うなよ」

「またかね、フーケさん」

カンタンの口調には一種の優しさがこもっていた。この若者のつかみどころのない絶望感は、もうカンタンを包み込んでいた。フーケは辛辣な言葉を吐くことで健全さを装い、うわべは生きようとする姿勢を見せているにすぎない。カンタンは自分の中で、この絶望感がさらに大きく、深い波動となって響き渡るのを感じていた。

「わしだって飲んだこともあった」彼は話しはじめた。「たかが鍵一つで気をもむようなことはなかった。それどころか、わしは自分の思いどおりにやってきた。だから、故郷に戻れたのは奇跡だった。ピカルディー地方のブランジ近くにある村だ。たぶん何か違う鍵が見つかると思っていたんだな。人の話によると、わしは駅の改札口の脇からずっと動かないで、父親を探していたそうだ。乗客が出てくるたびに呼び止め、尋ね、そしてわめき散らしていた。自分が生まれたときに父親は死んでいたのを忘れちまっていたんだ……父親がどんな人間だったかまったく知らない……それに、自分の息子も知らんのだ……」彼は声を落とした。「丸一日そうしていると、わしのことを知っていた鉄道員たちが帰りの切符を買う金を貸してくれたよ。そして、頭は空っぽだったが、なにか幸せな気分になってここへ戻ってきたというわけだ。こんな話をすると、わしは昔東洋の町で見た迷った猿のことを思い出すよ。気候が厳しくなったり、数が増えすぎたりすると、住民は猿たちを集め、金を出し合って特別列車を仕立てて森へ送り返す……ただ違うのは、わしの場合、道中ずっと独りぼっちだったということさ……」

彼は、自分の打ち明け話が長くなったことに気づいて口をつぐんだ。『わしはこの男に同情している』と思った。こんな昔の話をまたもち出してどうなる。目の前にいるのは酔いつぶれた若僧だ。しかし、こうやって胸の内を語りはじめると、めまいのように自分ではどうしようもなくなるものだ。

「やめよう」

フーケはじっとカンタンを見据えていて、この話をまったく抵抗なく受け止めているようにみえた。しかし、彼はもはや何であろうと理解できるような状態ではなかった。

「もうたくさんだ。いかにもみじめったらしい顔をするのはよしてくれ。僕はここで生まれたんだ」

「わからんだろうな」とカンタンは答えた。

「わかるさ。僕はあんたを気にかけていたんだ、パパ……そう見えないかもしれないけど、ほんとうだよ……あんたはいつも静かに、そうやって、いつも穏やかにしている……だが、実は苦しんでいる。僕にはそいつがわかってた。それは渇きだろ……天の邪鬼になるなって。酒こそが、救いだし、自由だし、恵みだ……そして、とどのつまりは、疫病神なんだ」

「さあ、もう寝よう」カンタンは強く言った。

「いいとも。もう一杯だけやって、さっさと退散だ。でも、奥さんに挨拶しないと。まだ眠ってないといいんだが。女っていうのはあっさり眠るからね」

「みんな眠ってるさ」

「なら、僕ら二人ってわけだ……こいつは都合がいい、ねえパパ。景気づけに一杯やろうぜ」

「その気はないんだよ、フーケさん。わかるだろ」

「ブラボー」皮肉を込めてフーケが言った。

彼は立ち上がってふらふら戸口まで歩いていくと振り返った。

「パパ、よく覚えておきなよ、そのうちあんたを仕留めてやるから……」

明かりを消すためにしばらく待っていたカンタンは、階段でつまずく物音を聞いた。彼はフーケのところまでいくと、腰を抱きかかえて部屋の前まで運んでやった。そんな世話を焼くことが、腹立たしいどころか、なんとなくうれしかった。しかし、客の部屋に踏み込むことはしたくなかった。この頃は親密な関係に戸惑いを感じていた。彼は最後までつき合うつもりはなかったし、アペリチフがとりもつ男同士の友情など信じていなかった。そんなものはあの果てしない腹の探り合いと、酔った勢いに任せた見せかけにすぎない。

「ちょっと休んでいかないか」フーケが言った。

「妻を心配させたくないんだ」

「かわいそうに……水汲み水車につながれた哀れな年老いたロバよ……」

「よしてくれ」カンタンは遮った。「わしは君のような人間のことは昔から知っているんだ」

「あとでおやすみを言いにきてくれ、きっとだぜ」


シュザンヌは枕元のスタンドの下で首を傾けたまま、この騒動の一部始終に耳をそばだて、懸命に様子をうかがっていた。

「フーケさんね、そうでしょ」

「ああ」カンタンはしぶしぶ認めた。

「どうしたっていうの」

「なんでもない」

「飲みすぎたの」彼女は、フーケについて話すとき〝酔っ払った〟とは言いたくないらしい。

「いや。知り合いに出くわして、ぐずぐずしていたんだとさ。鍵を持っているのを忘れ、柵を乗り越えて怪我をしたんだ。そんなことを話していたもんだから」

「バーで」

「ほかにないだろ。ここに連れてくるわけにもいかないし」

「どうしてティグルヴィルに来たのか話さなかった」

「何だ、まだそんなことを考えてるのか」とカンタン。

「それじゃ、何を話したの」

「猿のことだ。猿とそれを真似るやつのな」


カンタンは部屋のドアをすこし開けた。フーケはまだ服を着たままベッドに横たわり、胸の上で手を組んで、目を閉じていた。

「どうぞ」彼はちょっと驚いた顔をしたが、穏やかに微笑んで小声で言った。訪問者が誰かはわかっているようだった。

意外にも部屋は整頓されていた。テーブルの上には書類と瓶に入ったパイプ、壁には黒人女性の写真が二枚貼ってあった。こんなキャビンをしつらえて、いったいどんな航海をしようというのだろう。

「よくいらっしゃいました。がっかりさせないといいんですが。まあ、座ってください……いや、来ていただいて僕はほんとうにうれしいです」

あっけにとられたカンタンは、遠慮してビデの上に腰を下ろした。

「肘掛け椅子を片づけて」フーケが強く命令するように言った。「一風変わったところでしょう、ここは。かなり質素ですが、僕らがクレールと泊まるのはいつもこのホテルです。最初の思い出のところでね。まだ金がないとき、この素晴らしい町の中で、うきうきしながらも、とらわれの身になったように感じたものです。ホテルの者は上から下までみんな僕らのことを知っていて、よく気をつかってくれます。新聞は僕のことをあまり評価してくれません。僕としては、それを隠そうとはしていますがね。使用人たちは邸《やしき》に住み込んでいて、まあこれは僕の〝立場〟上やむを得ないんですが、そりゃあ得意気な顔をしていますよ……ことわっておきますが、彼らはスペイン人です。フランスにいたらこんなふうにはしゃべりません。でもここでは、はっきりと自信をもって言えます、僕は、ピエール・シュールより偉大な、唯一のフランス人闘牛士《マタドール》だと。『Yo so uno!《僕は唯一、》……Yo so unico!《最高の闘牛士だ》』」

　彼の頬は血色を取り戻していた。しゃべり方にわずかにもたつきはあるものの、話は、バーにいたときの混乱状態とは対照的に流暢で、明瞭だった。カンタンは、フーケがマドリッドにいると思い込んでいるのだと気づいた。もっとも、はじめは、いささか面食らった。それほどまでに自分がこういう幻覚から遠ざかって久しかったのだ。フーケは、かつての自分が父親を探し求めてブランジの鉄道員に見せたような喜劇を演じているのだと思った。そのときの不安で真剣な思いが蘇ってきたとき、彼は、フーケがまぎれもなくマドリッドにいることを知った。この想像の世界を乱すとすれば、一陣の風と不用意な一言だった。築かれた幻影は溜息一つで崩れる。

「明かりを消そうか」探るようにカンタンは聞いた。

「いや、なぜ」フーケがおとなしく答える。「シェリー酒を二杯持ってこさせましょう」

カンタンが止める間もなく、彼は枕元の呼び出しボタンを押した。時ならぬベルの音がステラ・ホテルを揺さぶり、周りの壁が引きつったように見えた。

「僕が記念闘牛場にはじめて登場するときには客が来ますよ」再び話しはじめる。「チクエーロ二世はいつも客を集めますが、ただ無鉄砲なだけです。良くも悪くもね。僕は観客をのめり込ませずにはおきません。僕は選りすぐりの友達を前に、マドリッドで成功を収めるのをずっと夢見ていたんです。でも、クレールは来ないでしょうね。こういう見せ物をひどく嫌っていますから。彼女はプエルタ・デル・ソルの老舗のレストランで、ザリガニを盛ったお盆を前にして僕を待っています。あたりを剥き殻だらけにしている客の男たちは、うらやまし気に彼女を見ることでしょう。なにしろ、僕がマネージャーの貸してくれたでっかいアメリカ車から下り立つんですから。ヘミングウェイも祝杯をあげにくるかもしれません……」

彼の表情はこれ以上ないほど幸せそうだった。

「そういうふうになるといいね」やっとの思いで言ったカンタンだが、笑わずにはいられなかった。

フーケは驚いて彼を見た。

「あんたは闘牛を見にいったことがないでしょう」

「ああ」とカンタン。

「わざわざ来たんですから。いい席ぐらいはとってあるんでしょう。心配ありませんよ。パリから友達がいっぱい来てるんです。マルセル、イワン、ロジェ氏、それにクレベールやキャロリーヌもいます。この雨が止めばいいんですが。こんな素敵なことがあるんだから、止むに決まってますよね。僕は雨より風のほうが苦手なんです。風が吹くと、ケープを湿らせて垂れるようにしなけりゃなりません。すると、どうしても手首がちょっと不安定になるんです」

彼は両手を差し出した。小さい傷があった。血は固まり、もう黒ずんでいた。

「角で突かれた傷《コルナーダ》ですよ。まあ、言ってみれば蚊に刺されたようなものです……ところで、生き延びた牛を見にいったことはありますか。ないって。そりゃ見といたほうがいいですね。すばらしいっていう話です……もっとも、どこまでわかってるのかとは思いますけどね。牛はマッチのようなもので、めらめらと炎が焼き尽くしたあとはおとなしくなるんです。無茶苦茶な話ですよ、それを箱に戻して、もう一度使おうというんですから……シェリー酒はどうしましょうか」

「なくてもいいさ」

「心配はいりませんよ。明日は午後六時まで暇なんです。まあ、そういう種類の仕事でしてね、僕のやってるのは。けれん味もないけれど、ロマンティックでもありません。専門家が評価するのは僕の誠実さです。でも、あなたには正直に言いますが、着替えの時間までは、何もしないでベッドに横になっているだけなんです。その着替えに時間がかかるわけですよ。伝統を尊重するうえで従わなければならない非常に複雑なしきたりがあるんです。僕はときどきその作法をおろそかにすることがあるんですが、これはだめですね。そういう日は、ムレータさばきもうまくいきません。この世界で賞賛を浴びようとしたら、部屋にいるときから心がけなくてはいけないんです」

「闘牛の衣装は持ってるのかい」カンタンは真面目に尋ねた。持っていても不思議ではないとまで思えた。「わしの衣装はタンスのなかにある」それから生気のない笑みを浮かべて、「その衣装のきらめきで、わしは眠れないんだ」今度は立ち上がった。「もう行くとしよう」

「クレールが帰ってくるまで待ちませんか。もうおわかりでしょうが、そんなわけで彼女は隣りの部屋に泊まっているんです。でもプラドから帰ると必ずキスしに来てくれるんです。すぐ目の前だから、じきに来ますよ。あなたに会えたらきっと喜びます。奥さんもマドリッドに来られているんですか」

「いいや」カンタンは答えた。

「じゃあ、夕食を食べにいらっしゃい。フランス料理ならここで食べられますよ。素晴らしいところです、みんな愛想はいいし。ボティンの焼き肉屋に行きたいなら話は別ですがね。あとで、チコーテの店へまわってもいい。いずれにしても出かけましょうよ」

「なるほど、まともな予定だね」ドアのノブに手をかけて、カンタンが言った。

「シェリー酒は」

「わしの分も飲んでいいよ……そうすれば不安も消えるさ」

「お見送りしますよ」フーケが頑張って起き上がろうとした。

床に着いた足がよろめき、彼はまたベッドに身を任せると溜息をついた。「僕はどうしたんだ……何でこんなに親しくしているんだ、教えてくれ……」

声の調子は意識のある酔っ払いのものだったので、カンタンの中に一抹の疑念が残った。それでも、最後に部屋をひとわたり眺めてから、明かりを消した。フーケは仰向けに眠っていた。

「哀れなやつ」カンタンは呟いた。「そんな気はしていたんだ。今まではきっかけがなかっただけで、やはりこういう男だったんだ」

しかし、彼はフーケを酒と雨のにおいがする服のまま置き去りにした。ベッドの船にもぐり込み、死んだようなシュザンヌの脚に触れたとき、そのことを後悔した。シュザンヌは眠ったふりをしながら、ただならぬ気配に神経を尖らせていた。暗闇の中で、男たちがどんなことを思い描いているのか初めて訝しく思っていた。

第二章

ベッドカバーの上で丸くなったまま、フーケは意識がはっきりしてくるのを待っている。何度か暗闇の中で目覚め、じっとしていると、無力感にさいなまれながらも、身体の内部では激しく何かが壊れていくのがひしひしと感じられた。生気が身体から失せ、胸が詰まり、心臓が締めつけられる。濃厚な、彼にとってはあまりに濃厚な血液が沸き立ち、そして静まる。そんな実験室のような作業に全神経が集中していた。これをうまく乗り越えても、まだとてつもなくやっかいな作業が控えている。朝が激しく振り鳴らす鈴の音に身を任せ、次々と試練に耐えていかなければならない。今は、冷酷な朝の鐘と曙光が肩に手をかけるのを静かに待っている。

——昨日までの僕は、指のつけ根の関節の凹凸を数え、行ったり来たりして満足していた。まるで月の日数を確かめる子供が、三十一日の続く七月と八月を繰り返すように。二十一日間酒を絶ち、頑張って充実した日々をすごしたことは貴重だった。ほんとうは、自分でも幻覚を見るよりすっきりした頭でいるほうがいいと思っているからだ。しかし、世の中そう思うようにはいかないもので、いとも簡単に周囲の状況に流されてしまうことがある……もっとも、そうなってみたら心が落ち着くような気がした。ここでは、僕が酒飲みだということを誰も知らなかった。僕は孤独に守られ、自ら作り上げたイメージをまとっていた。それはパリで僕が甘んじていたイメージとは異なるものだ。ただし、この二つのイメージは共に偽りではない。僕はアルコール中毒ではないし、そうなりたいわけでもないから……その場の雰囲気によっては、軽く酒を飲むことで人間関係がスムーズになると思い込むようになったのはなぜだろう。軽く酒を飲むなんてことができないのは知っているはずだ。誰もが好き勝手にしゃべりながら、首から吊した苦悩の重荷に引っ張られ、さっさと酔いつぶれるのだ。僕はそんな雰囲気と関わるのをできるだけ避けていたが、市場の向かいの居酒屋にはそれが満ちていて、磁石のように人を吸い寄せているのを知っていた。どんな町も完全に眠ることはない。この町でさえ、商店は閑散とし、突風にさらされるカフェのテラスでは、軽食メニューが次のシーズンまで空しく注文を待ち続けているものの、やはり目を開けて起きているところはあった。やっかいなことに、僕にはそれがどこかわかっていた。徐々に、散歩の範囲は狭まっていった。

夜になってエノーの店に入ったことを、単に浅はかな行動とばかり片づけるわけにはいかないだろう。そこに足を踏み入れる者たちは、魔女の集会や、古くから伝わる呪《まじな》いの儀式に参加するような様子だった。おそらく僕も自分では気づかぬまま、そんな様子をしていただろう。僕はカウンターの端の鏡の前に腰を落ち着けた。太った娘が気のない様子で水滴のついた瓶をこちらに押し出し、僕はグラスを掲げて、おなじようにグラスを掲げた鏡の中の僕に乾杯した。僕の分身はしばらくつきまとってから、とうとう去っていった。そう、僕が見るのをやめたからだ。驚いたことに、目の前の鏡の中で僕とにらみ合っていたはずが、別のところに飲みにいってしまった。穏やかにビールから飲みはじめていたっていうのに……居酒屋の中は、農場の素朴な臭いと牛乳の甘ったるい香りがアペリチフの芳香に混じりあい、土曜日の解放感があふれていた。会話の中心は解禁されたばかりの狩猟と、人気のティグルヴィル・ボランティアーズというサッカーチームのことだった。大柄な選手ぞろいのこのチームは街でも話題の的で、その名がカフェや電気屋のウィンドウに、スペイン製の白ペンキで書かれているのをよく目にした。

スペインといえば、僕は昨夜闘牛のことをしゃべったようだが、どんな内容だったのかよく思い出せない……客に若者の姿はほとんどなかったので、大人同士が幼稚な話に花を咲かせていた。彼女は一人だけで、貝殻を積んだ乳母車を押しているのを見たことがある小柄な老婆だった。彼女はすこし離れたところで平然と二本目のシードルを味わいながら、いつもの冗談をとばしていた。

夜間外出禁止令下にドイツ兵ともめ事を起こして名を馳せた老婆だった。

「なあ、ジョセフィーヌ、ドイツ軍指令部で何て言ったんだい。やつらが、おまえさんが夜遅く帰ってくるのはヒットラーのお好みじゃないって言ったときによ」

「あたしゃこう言ってやったのさ。『そのヒットラーとやらとは、あたしゃ寝たことがないね。名前からして土地の人間じゃないだろ。何者なんだ……だいいちティグルヴィルに来たことはあるのかい』ってね」

みんなは笑いながらこっそりと僕を盗み見て、その反応をうかがっていた。僕は周囲から自分に押し寄せる波を感じはじめていた。ただ一人、店の主人だけは知らん顔をして、僕にろくな挨拶を返さなかった。きっと、僕がパリでは数多くのバー、それもなかなかの場所で常連となっていることを知らないのだろう。僕としては、それを教えてやりたいくらいだった。このエノーというのは褐色の肌に横柄な口髭をたくわえ、ノルマンディーというより、むしろオーヴェルニュ地方の顔つきをしている。昔、ディオン寄宿学校の生徒を乗せたバスが着いたとき、ズボンの前を開けていて一騒動起こしたらしいが、その噂はどこで聞いたのだろう。ニケーズの店だったか……

二杯目にヴェルモットを頼むと、他人と知り合いたいという懐かしい欲求がまたわいてくるのを感じた。多くのことを人に伝えたいと思う気持ちだ。それはまた、どんなにささやかでも、自分の存在の輝きを示せる場所があれば、なんとか生きていけると思う錯覚でもある。ここにいる錬金術師たちは、酔うために集まるのだと信じている。だがほんとうは、酔うことが彼らの極めて手の込んだ儀式の目的ではない。それは結果であり、報いなのだ。

外では、照明の光と雨粒が交錯する中に、恋人たちがぽつりぽつりと姿を見せていた。彼らは店の前にやってくると、犯人が護送車に乗せられるのを嫌がるような素振りをちらっと見せ、その当惑気な顔を腕やハンドバッグで隠して消えていった。十字路は薄暗い水槽となり、対になった魚たちが円を描きながら街灯の珊瑚を離れ、公園の緑の下に隠れ家を求めていた。僕は、夕食時間になると離れ離れになるこの恋人たちを羨ましいとは思わなかった。彼らが一緒にいられる場所は、わずかばかりの暗い浜辺しかない。夏には砕け散る波がそれを奪い去ってしまう。日が伸びるにつれて愛の時間は短くなる。冬の間のささやかな楽しみなのだ。

あの太った娘はもう隅のテーブルに二人分の食器を並べていた。台所から漂ってくるシチューの濃厚な香りは、甘いどころか押しつけがましく感じられた。僕は今にも追い出されそうな気配に抵抗すべく、あわててもう一杯注文した。が、これは早まった行動だったのかもしれない……突然、客たちが口裏を合わせたようにぞろぞろと移動を始めた。まるで、カードの中に差し入れた一本の手が悪友のペアを引き離し、親友のスリーカードを崩し、戦友のフォアカードを分散させ、表を裏に、裏を表にとばらばらに掻き混ぜるかのようだった。それから、彼らは整然と入り口のほうへ集まると、再び念入りに幾つかのグループになって別れの挨拶をし、次に会うときまでは赤の他人という顔で店を出ていった。僕はゲーム台に忘れ去られた一枚のカード、役に立たないホワイト・カードやジョーカーのように、そして王の物真似をする道化役者さながらに一人残された。

エノーは太った娘と向かい合い、ひそひそと話をしながら夕食をとっていた。僕のことを話しているに違いない。僕は新聞を広げ、クロスワード・パズルに集中しようと努めた。普通の客なら出ていっただろう。しかし僕は、もうすぐ彼らに話しかけられると思うと、一歩も退《ひ》くつもりはなかった。テーブルから立ち上がった二人に、僕はそれぞれ、エノーにはカルヴァドス、娘にはブランデー漬けのサクランボを振る舞った。さらに、自分でもカルヴァドスを一杯頼んで、彼らを、少なくとも太ったシモーヌをびっくりさせた。僕は彼らに、自分が迷える羊ではないと思い込ませたかった。カウンターに置いた新聞がアルジェリア戦争に関して好んで使う、正当な交渉相手よりずっと扱いやすい気楽な道楽息子であるところを見せてやりたかった。

「あんたが夕食に戻らないんで、カンタンは青筋を立てているに違いないぜ」エノーはせせら笑った。

その温厚な口調にひそむ棘が何なのかすぐにはわからなかった。僕はただティグルヴィルという世界に身を置けたことだけで満足していた。だから文句など言いようもなかったのだが、それをいいことにエノーはさらに続けた。

「やつは自分の正義を振りかざして、とうとう俺たちのやっかい者になっちまったのさ。人間、やつのような生き方をしても、他人をとやかく言ったりしないものだ。いいか、わしだってそんなつもりで言うんじゃない。やつも昔は羽目をはずしたものさ、すこしすましたところはあったがな。あのホテルは女房の金で買ったんだ。やつの女房は高原にあるでっかい農家の娘でね、やつはここの出じゃない……まあとにかく、一緒によろしく楽しんだものさ。だがな、一段落してからというもの、鼻持ちならねえところばかりが目立つようになっちまった」

「鼻持ちならないというと」僕は聞いた。

「わからん、わしにもな。やつが閉じこもる城壁、誇りだな。新兵として仲間のいるシェルブールじゃなくて、中国に行くなんていう考えは、いかにもやつらしいじゃないか……万里の長城さ。鼻持ちならねえというのはそういうことだ。こいつはやつのためにもならねえ。何を考えているんだか……なんでやつがいきなりすべてをやめちまったのか誰にもわからない。中にはシュザンヌのせいだって言う者もいる。強いほうが折れるしかないだろうってね。だが、物事は公平に見なけりゃな。やつは身体の具合が悪いんだと思うぜ。肝硬変や癌とか。そんならわしは真っ先に負けを認めるよ。でもそう告白されたところでな……まあ、とりあえず乾杯。シモーヌ、こいつは店のおごりにしといてくれ」

喧噪が戻っていた。店はまた人であふれ、それから再び空になった。哀れなベルの音が聞こえ、映画の休憩時間が終わったようだった。僕は、そんな週替わり二本立ての映画に行くつもりはなかった。母がいたら、〝そのくらい仕事に差し支えるようなことはないわよ〟と言うだろうが。エノーの店は終わりがなく、いつまでも続く気配さえした。四、五人の常連客が残っていて、気ごころの知れた者同士で盛んに酒を酌み交わしていた。エノーは入り口の鎧戸を閉めると、僕のことをステラの客人として、ちょっと小馬鹿にしたような感じで紹介した。

「カンタンのところにいてうんざりしちゃあいけないぜ。まったく気難しい人間さ。それでも晩飯にワインぐらいは出るんだろ……野郎はな、死んだも同然なんだ」

「みんなの話じゃ、あんたは絵描きだそうだな。わしらのところにご立派な絵をひねり出すために来たんだろ。カンタンを描くんなら、背景は間違いなく夕暮れだな」

僕をなぜ絵描きだと思うのだろう。彼らのカンタンへの態度は、僕を急に苛立たせた。自分にこんな不愉快な思いをさせるカンタンを恨む気持ちもあった。僕はここの天気について彼らと一戦交えようと考えた。地元の人間が何かと気にかけている話題のひとつだ。ほとんどの者は、雨がもっと少なければティグルヴィルはサン・トロペのようになると思い込んでいて、雨さえなければ、雨さえなければと口を尖らせる。おめでたい俗物どもだ。この海岸は次の皇帝を待ちつつ死んだ第二帝政の老皇妃が残した遺物であることを忘れている。もうすこしで殴り合いの喧嘩になるところだった。が、一歩手前で〝名誉相撲〟ともいわれる力比べの〝腕相撲〟へと展開した。おかげで僕はまだ肩が痛いが、名誉には違いないからほっとしている。この勝負は二人でチームになって戦ってもいいのだが、身体の一点にすべての筋肉、神経、注意、とにかくありとあらゆるものを集中しなければならず、すっかりへとへとになって、あとは何がなんだか……

そんな何がなんだかわからない状態だったから、どうやってベッドに辿り着いたのか覚えていない。昔からいつもどこをどう歩いてきたかわからなくても、最後にはクレールのもとへ帰り着いていた。僕は、疲れ切っていてもこの独特の本能のままに枕元に戻る姿を彼女に認めてもらいたかった。クレールはというと、この使い古した忠実さをとっくに見放していて、翌日には僕がどんなに不快で、醜悪で、情けない様子だったかを並べ立てた。それが僕らの不和の原因だった。

「私たちの間の障害はたった一つ」彼女は言った。「お酒よ」

「そんな障害どうってことないさ」僕は答えた。

「私は怖いの。あなたが何をするかわからないってことじゃなくて、ときどき人が変わってしまうあなたが怖いの。私の前には、突然見たこともない悪魔が現われるの。あなたにもわかるでしょう。目の前に姿を見せるのは私の待っている人じゃない。あなたはほんとうはいい男《ひと》、だからこそとても辛いのよ。なぜお酒を飲むの？　悲しいから？　手遅れになる前に真剣に考えて。私が頼りたいのはもっと地に足がついた人なの」

事実、彼女は二人の駆け引きを常に有利に進めていた。曲がったことが嫌いな性格もあるが、僕が後悔ばかりさせられて強く出られなかったという面もある。かくして僕は空模様を気にするのと同じ不安や期待をもってクレールを見つめるようになり、彼女がその日その日の色を決め、気分しだいで次々とその色を変えていくのを知ることになった。僕はギロチンの刃に怯えながら窮屈な生活を送っていた。ほんのわずかに酔っている気配を感じただけで、彼女は僕を拒絶し、夜の巷に放り出した。そんなとき僕は、二人は住む世界が違うとしみじみ感じた。スペインへは毎年一緒に出かけていたのに、今年は僕が行くことを許さなかったのは、見せしめのつもりなのだろう。一人で旅立つことで、僕がいなくても楽しくすごせることを示し、もはや二人が生活を共にしなくても地球が自転を止めることはないと証明したのだ。それぞれが自分を見つめ直し、相手を試し合っていた恋人同士は、今度こそ離ればなれの男女となった。ギロチンの刃が落ちたのだ。

それからというもの、僕は誰も怖がらせはしない。ただ、昨夜側溝に落ちていた僕を助け出してくれた男は別だ。もっとも、あまりに惨めだったのでそう思い込んでいるのかもしれない。たぶん僕は濡れた立ち木の下で眠っていたのだと思う。そんな僕を抱き起こしてホテルまで連れてきてくれた。身をかがめてくる男の姿が蘇る。僕を見えない穴ぼこのほうに押しやりながらも、それを巧みによけさせていく意地の悪い手の感触がいまだに残っている。あれは誰の手だったのか。たまたま通りかかった人間か、それとも、ステラという高潔な砦に向かって、アルコールで火をつけた槍のように僕を投げ込もうとしたエノーの店の者か。それとも、カンタン自身が迎えにきたのか……こういう欠落感は、また僕をいつもの苦悩に陥れる。クレールが去ってからというもの、パリでは三時間から六時間もの自分の時間が失われていた。そこには大きな黒い穴が口を開け、僕には夢かうつつか判別できない曖昧な記憶が、生け簀《いす》の中のマスが泳ぐように素早く飛び交っていた。ずっとあとになって、ポケットから見つかる紙切れには、誰が書いたのか電話番号や待ち合わせの場所と時間、はっとするような言葉が残されている。しかし、夜の間に記憶した顔は、昼の明るさには堪えられず、のちにその人物に出会ったとしても、僕にはわからないのだった。

僕が最後にこの黒い穴から抜け出したのはドーヴィルでだった。駅員の一人が僕の肩を叩いて、列車はこれより先には行かない、と言った。どこより先なんだ。僕は泥のような眠りからやっと抜け出した。花が飾られた駅は梁の見える素朴なつくりで綺麗だった。列車はもう十分走ったし、ここで止まるのは当然だ、と思った。切符は持っていただろうか……確かに胸ポケットの中に入っていた。万が一に備えて表には名前と住所も走り書きしてあった……ということは意識を失うときに、それなりの抵抗はしていたのだ。

外に出ると今までと違う空気が顔を打った。左手に続く通りにはペンキを塗ったばかりの別荘が空箱のように立ち並んでいて、重苦しい雰囲気があった。反対側のもうすこし活気のある通りに出て、トゥルーヴィル魚市場に向かった。埠頭沿いに鮮魚商が軒を連ねる僕の好きな場所のひとつだ。ビロードのようなカニの甲羅、炭色のムール貝、絹織物の光沢を放つサバ、凧《たこ》を思わせる広げられたエイ、そういったものを前にして喪失感に襲われることはない。ただ、それらも自分の記憶の中にあるものほど美しくは感じられず、絵の具が画布の縫い目に沈み込んだ静物画のような気がした。春が来れば息を吹き返すのかもしれないが。下のほうでは僕より不精髭を伸ばした漁師たちが、波しぶきでほとんど塗装の剥げた小さなトロール船の上で作業をしていた。

夕方の六時ごろだったろう。僕は灯台まで足を延ばした。水門にかかる橋を渡り、木製の埠頭の上を歩いて端まで行くと、そこは外海だった。僕はいつもの衝撃を覚えた。こんな場合まず頭に浮かぶのは、人の横顔に重なるフランスの地図だ。ランド県は顎、ジロンド県はむっつりした口、ブルターニュ地方は吹き出物だらけの鼻、コタンタン半島はいぼで、セーヌ川の河口はドーバー海峡までわずかに窪んで広がる額の下の眉。そうか、僕は自分の国の瞼の中にいて、その視線は僕の視線と一致しているのだ。この逆巻《さかま》く波を——カンカンの踊り子のように緑色の生地を高くまくり上げ、泡立つペチコートを揺らして次から次へと崩れ落ち、スプリットのように両足を一直線に伸ばして長々と寝そべる波の様子を——僕と同じ目で見ているのだろうか。僕は埠頭の端に腰を下ろし、足をぶらぶらさせたまま、前夜、河岸《かし》に決め込んだ幻のようなナイトクラブを思い起こしていた。

　オレンジと灰色に染まる朝を迎え、仲間とわかれてもなお余韻に浸る、そんな朝は、男だけを襲う悔恨の狼の餌食となるから、今の僕のように孤独でいてはならない。仲間たちは家路につきはじめ、うるさく言われることもなくていいな、と僕に声をかけていった。しかし、そんな言葉は、見捨てようとする人間に対するその場かぎりの慰めでしかない。待つ者もいない僕は彼らに答えた。『どんなに傷ついているか知りもしないで……僕なんかにかまわず、さっさと帰ってくれ』彼らはもう、揺籠《ゆりかご》の中をのぞき込み、ベッドのカーテンをすこし開けてみたりしながら、居酒屋とは違う家庭のコーヒーの芳香を満喫しているはずだ。と、不意に、今からでもすぐ娘と再会しなければならないという切羽つまった衝動が僕をとらえた。パリにいるかぎり、毎日悔恨の狼に襲われるという現実を前に、互いに身を擦り寄せ理解し合うことが自分を癒してくれると思い立ったのだ。前妻と別れ、他のやっかいな仕事にかまけていた僕は、マリーにほとんど会っていなかった。しかし、自分に味方してくれる小さな存在があることは常に頭から離れることはなかった。このだらしのない敵前逃亡は、実はそれなりに意味のある退却だった。おまけに、そうすることが贖罪《しょくざい》に結びつくと気づいた道を選ぶことが、酔っ払いにとってどんなに魅力的なものか。だから、そんな夜をすごしたあとにノルマンディーに行くことは、あながち突飛なことではなかった。僕は気持ちを高ぶらせて出発していた。

僕は、マリーが新学期からこの海岸の小さな浜辺にある〝寄宿舎〟に入っているのを知っていた。そうなったのは、華奢な外見から想像される健康に問題があったのではなく、パリにいても、ひとりになることが多かったからだ。仕事を持っているジゼルは十分に娘の世話をすることができなくなっていた。彼女のような若い女たちが不慣れな仕事に出て、自分が束縛されていることさえ忘れているのを思うと、僕は胸が締めつけられる。地下鉄の中でぼんやりと、いつ読み終わるとも知れぬ本を小脇に抱え、その本に挟む栞《しおり》が孤独な食事を暗示させるような女たちを目にするとき、僕は自分も含めて、男というものに束の間の嫌悪感を感じずにはいられない。彼女たちは、キスのために巨大な口をすぼめるような別の女たちの犠牲になっているのだ。そういう女たちは、時には見境もなく僕ら一人ひとりにぴったりと寄り添って、百年を生き長らえた鯉のような口で生活のすべてを丸呑みしようとしている。離婚したあと、僕はジゼルとマリーをもっと優しく見守るべきだった、と今になって思っている。が、僕にはできなかったのだ。こういうことについて考えが古臭いのかもしれない。悪い癖で、すぐに恥ずかしさや臆病が先に立ってしまった。うしろめたい気持ちが行動をぎこちなくしていた。僕はクレールと一から出直す道を選んでいたので、娘の成長を見ないようにしてきた。しかし、ジゼルは僕が家庭も子供もすべて打ち捨て、ピンボールと同棲するような生き方をしていると思い込んでいる。そんなわけで、仲間とつき合うときの僕は、自分が理解されないもどかしさが空回りして、あとにはいやなきまり悪さだけが残ることになる。決して厚顔無恥というわけではないのだ。マリーに会って、その独りぼっちの寂しさをすこしでも和らげてやることは、大きな一歩を踏み出すことだった。

ただ、その一歩がつまずきとなる危険もあった。僕がやろうとしていることは途方もなく愚かなことで、酔っ払いの自己満足ではないかという思いが横切った。ドーヴィルに着いた時点ではまだ引き返すこともできた。晩にはパリに戻って仲間にこう言うのだ。『つらくてまいったよ。海を見に行ったんだが、それより先には……』決断する前に僕は床屋に入った。田舎の床屋の熱いタオルは、ひとつの芸術品ともいえる。外に出ると再び夜の帳《とばり》が降りていて、迷いは弱まっているように感じた。同じ夜ならばこちらにいたほうがいいだろう。ティグルヴィル行きのバスはもうなかった。やっと拾ったタクシーの運転手は、おしゃべりをしながらステラ・ホテルをすすめた。

崖沿いの道を走っている間、僕は何か先行きの見えないじれったさというか、〝さっさとけりをつけよう〟と言いたくなるような焦りを感じ、はっきりしないがひとつの目標に近づいていることを悟った。雨が降りはじめていた。雲の切れ間にのぞくティグルヴィルは、波が崩し続ける巨大な砂山のようだった。僕はそこに活路を見いだせるかもしれない。街には人っ子一人いなかった。路上に薄く積もった砂がタイヤに巻き込まれ軋んでいた。ヘッドライトが閉ざされた別荘を浮かび上がらせ、そのつぶった目のような窓をまばゆく照らし出す。この闇の世界の中では、どの屋根の下に娘が眠っているのかまったくわからなかった。しかし、彼女はこの最前線の町のどこかにいて、ほどなく僕らは励まし合うことになるのだ。

ステラに着いた僕がまず元気づけられたのは、カンタン夫人を見たときだった。それなりの年齢の、とりわけ女性はある程度僕を安心させてくれる。男はいつまでも子供っぽさから抜けきれないからだ。最近の僕は、年をとることについて考えると気持ちが落ち着く。それは自分の母親にあれこれと思いを馳せることが多いからだと思う。誰だって自分がいきなりある若い女性の子供であると言われても実感しにくいものだ。母親は経験を積んだ主婦だと思っていたのに、実はチャールストンの踊り子だったというようなことを簡単に受け入れられる者はほとんどいないだろう。そういう目を眩ませ、心乱すような新発見はアルバムの写真の中にはない。できたばかりの皺の一筋を辿り、微笑みを引き剥がしてこそ体験できるのだ。だから、僕は当然のように、年老いた婦人の中にかつての令嬢の面影を見つけだし、また、生来の慎重さで若い女性を子細に観察して、将来の老婦人の姿を思い描こうとする。僕は満艦飾の現在に興味はない。目の前にあるものすべてをそのまま頬張らずに、要領よくさっと味見するのだ。

カンタン夫人は美人ではないが、万事をきちんとさせておかなければ気が済まないところがあって、自分の領域をしっかりと守り、余計な口出しをする人間ではなかった。必要ならベッドランプのように正確で適度な明かりで照らす。僕が彼女の光の輪からはみ出していて、調節が要ることはすぐに察せられた。これに対して、その周辺の薄明かりの中でばったり出会いそうなのは夫のカンタンだった。僕はこういう人間のことはいささか心得ている。経験だけを鼻にかけて分別臭く、人とすこし離れて雨を眺めながら退屈しているような無感動極まる人種だ。ダイナマイトで吹っ飛ばしてやろうかと思いたくもなる。部屋に上がる前に、何か用事はないかと聞いたその様子で、僕はこの男の心のむなしさを見たような気がした。彼は止まり木を差し出し、すぐに引っ込めたようだった。僕は躊躇した。ディヨン寄宿学校について尋ね、マリーのことを話して、滞在の目的をいくらかでも匂わすチャンスだった。が、僕はそれを利用せず、扉はまた閉められた。普段の僕ならすべてをさらけ出して相手の警戒を解くか、あるいは、あまりに落ち込んでいれば、自分を出さないでやりすごしてきたはずだった。それなのに、ホテルに着いた晩になぜこの平穏な夫婦を困らせてやろうなどと思ったのか。自分のやっていることがよくわからなかったからだろうか。それとも、いずれ昨夜のようなことが起こると予感していて、なるべく素性を明かさずに醜態をさらすほうがいいと思っていたからだろうか。見知らぬ酔っ払いの墓にだって、それなりに哀れみをかけてもらえるものだ。

ティグルヴィルに来て初めての目覚めは惨澹たるものだった。酒の影響は消えていたが、僕は激しい鬱状態になり、馴染みのない部屋の中では立ち直るきっかけもつかめないでいた。それでも無色透明な環境が身体を馴らしていく気密室のように働いて、かえって徐々に回復するには都合がよかった。意識が嫌な記憶に引っかかることもなく、周囲のものは邪魔にならないから気にしなくていい。過去の行状という、あの腕利きの探偵にしてもこっちの足跡を見失っている。じっくりと時間をかけて生まれ変わる。しかし、ここで僕はすこし現実と自分を引き離しすぎた。かくも冷酷に明日という日と決別できるのは金持ちと乞食だけだ。僕の明日はパリのほうで瀕死の叫びを上げていて、ここからでもその声が聞こえた。母は心配させないでとわめき散らし、オネールはもう僕と取引きはしないと断言していた。ボニファッシはプティ・リッシュの店で豚肉の燻製を前に僕を待っていた。ほかにも、いろいろな場所で待ち合わせしている夜遊び好きたちがいるのは言うまでもない。おまけに僕は一文無しだった。

僕はステラに着くとすぐ後見人に連絡した。余計なことは言わずに、うまく取り計らってもらうつもりだった。しかし、彼が夕食後に競馬のレース結果を調べにいくビヤホールの女将《おかみ》は答えた。『ロジェさんはアンジャン競馬を申し込みにお見えになったけれど、また出かけましたよ。どちらからお電話なさっているんですか——ドーヴィルですって！　今ドーヴィルでは開催されていませんよ。シャンティイの間違いじゃありませんか』何ということだ。彼女は結局僕の伝言を取り次いでくれたが、言葉に勝手な含みを持たせ、馬の調教に関する情報を伝えるのだと思い込んだ。あの競馬狂のロジェが勘違いをしたのは当然だった。彼の手帳には、ティグルヴィル、ステラ・ホテル気付ガブリエルへ五万フランと書かれ、夢の三連勝式《ティエルセ》馬券を当てる軍資金となったが、もちろんそんなことがあるはずもなかった。彼は必要な手続きをしてくれたし、電話口では、チェリーブランデーのビター割りで軽く喉の〝足慣らし〟を繰り返しながら、何日か田舎で休養するようにすすめてさえくれた。そして、凱旋の暁には、僕を万全の状態にするはずの情報収集について秘密を守ることを約束した。こうして冷や汗ものながら金の問題がなんとか解決したことで、僕はとりあえず気分が楽になった。一筋の光明が見えるとすぐに僕はマリーを探しはじめた。

ディヨン寄宿学校はムエット海岸の住宅地にあり、周りには手入れもされない果樹が崖の斜面にまで広がっている。切り立った断崖の下は海だ。市街を外れるにつれて、あたりは小さな塔のある別荘の姿も途絶えていた。この〝無人地帯〟は一八七〇年の戦争で荒廃した土地だ。皇后通りを境に反対側は、後の一九四〇年の戦争で、モダンで無駄を省いた箱のような家々が破壊されている。多くを物語る廃墟の中には、それでも慰霊碑が建てられていて、一九一四年に犠牲になった人々の功績を称えている。計算高いティグルヴィルの住民たちも、どんなに血が流されたかを忘れているわけではない。

かくして、この散策者は第二帝政下で流行した枠付ペチコートに思いを馳せながら、小石を蹴って歩いていた。そして、麦藁帽子を被り、丈の長いレース地の下着をはいた娘が、輪回しに興じながら目の前に姿を見せるのを期待していた。娘の足どりを追って次々に幕が上がり、最後に現われるのが一家の父親だ。そんな誰も考えもしないような想像に、僕は満足だった。もっとも、たいして大げさにかまえることでもなかった。十三年間で、マリーと海へ行ったことは二度しかない。ちっちゃな娘は両手を上げて波打ち際に走っていったものだ。マリーには、僕が彼女の身体を拭こうと抱きかかえたときの胸毛の記憶しか残っていない。娘は、それを再び見ることもなく、いつだったか、まだ胸毛があるかどうか聞いてきたこともあった。僕がいなくて寂しいと暗に伝えたかったのかもしれない。彼女が家で胸毛を目にすることなどまずないのだ。

ディヨンは一九一八年の休戦協定後に開校した有名な寄宿学校で、避難民の宿泊施設として始まったものだ。創立者はティグルヴィルの大通りに名を残すアムレス・ディヨンの孫娘だった。彼女が身体の自由が利かなくなった今は、姪があとを継いでいる。彼女たちは叔母から姪へと脈々と続く一族に属している。男たちは、僕には見当もつかない偉大なるアムレスの影に怯えてか表面に出てくることはなかった。建物は堂々たるもので、ずっと維持してきたのなら、所有する周辺の土地は相当な広さだろうと思った。しかし、果たしてこのディヨン家の後継者に関心をもった男はいたのだろうか。そんなことを考えると、さきほどの一九一四年の慰霊碑がまさに、黒衣に身を包み芝生の上にたたずむ白髪混じりの長身の女性と重なった。その朝僕にはそう見えた。

鉄格子の門を押し開けようとしたとき、つまらない心配が僕を押しとどめた。まだロジェからの為替も届いてなくて、僕には一銭もなかった。ドーヴィルから乗ったタクシー代とホテルの前金などで、モンパルナスで酔いつぶれたあとに残った金も底をついていた……そういえば、エノーの店で飲んだ分もいずれ精算しなければならないだろう。恐る恐る片手をズボンの脇に滑らせれば、請求書の束の擦れる音が聞こえそうな気がする。あの手の店のいいところは安く酔えることだが……僕はディヨン女史を観察していた。彼女は、何も持たない僕の両手を一瞥するような女性だった。ここには、土産を持たずにくる親などまずいない。『マリーをお連れになるのでしたら、ぜひおいしいものでもご馳走してあげてください……』とんでもない。この二日間というもの無銭飲食もやりかねないありさまで、ラスクしか口にしていない。僕はただ娘に会いにきただけだ。およそ他愛のないことは話せるとしても、隠しておきたい混み入った話が多い。一方マリーは、僕たちがたまに会えるとしたら年末休暇ぐらいだと素直に思っているし、僕もそう思っている。僕はこの訪問が失敗で、空しくシンバルを打ち鳴らそうとしていることを悟った。愚かで傷ついた自尊心を好奇の目にさらさないで済まそうとすれば、垣根越しにマリーを盗み見ることくらいしかなかった。

僕は忸怩《じくじ》たるものを感じながら、誘拐犯のような足取りで学校の柵の周囲を歩いていた。と、そのとき背後で子供たちがだらしなく合唱する声が聞こえた。脇道に身を隠すのが精一杯だった。浜辺のほうから上がってきたディヨンの生徒たちが、先生に引率されてムエット海岸の上に姿を見せた。生徒たちは、ほとんどが行儀よく男女一緒に並び、先頭を歩く何人かは手をつなぎ合って僕の数メートル先を通りすぎていく。僕はマリーを見つけられないのではないかと不安になった。それは、たとえば狩りでヤマウズラのヒナの群れに出会ったり、駅の出口で、続々と旅行者が出てくるのを前にしたりするときの、どこか冷めていて、緊張感を楽しむような不安だった。しかし、一番うしろをすこし背を丸めて歩くマリーを見つけると、僕の気持ちはふっと和んだ。周りの友達がボディーガードに見えるほど小柄だった。にこにこして前を歩く生徒を押しながら門に入る。人の踵《かかと》を踏むよりはいいだろう。表情は生き生きとしていて、僕らの前では見せたことのない陽気さやそそっかしさがのぞいていた。だが、『私のお父さんの庭には……』とマリーがみんなと歌う声が聞こえたとき、この灰色の空の下、一人の孤児の姿が僕の目に映った。

翌日、僕は朝早くから再びムエット海岸のあたりに出かけ、またマリーに会えるのではないかと期待して歩きまわった。とりあえず彼女に話しかけるのは控えるつもりだったが、立ち去る気もなかった。僕はあの子を理解せずに長い間放っておいたので、彼女の好き嫌いも、癖も、毎日どんなふうにすごしているかもまったく知らなかった。対面する前に、改めてマリーのことを知っておかなければならない。早まって姿を現わせば、お互いが意識して、不自然な痛々しさを装う再会となってしまう。マリーは、僕が離れている間に、彼女なりに生きてきた十年の歳月を、目の前で素直に見せてくれていた。彼女を強引に抱き寄せるようなまねはしたくなかった。『あなたを愛するものは思いがけないほど身近にいる』と作家のジャック・シャルドンヌは言っている。娘は、他の愛情表現を知らない僕ががむしゃらに抱きしめると、よく戸惑ったような顔をすることがあった。黙ってそっと見守る自分の憂うつをマリーに捧げるだけにしよう……それに、僕のパリからの脱出劇もあまり自慢するようなものではなかったのだから。

浜辺は見渡すかぎり閑散としていて、崖下のなだらかに切れ込んだ入江に様々な色の小さな人影が集まっているだけだった。僕は岩陰に身を隠しながら、そんな行動に青臭さやせつなさを感じ、自分が醜く汚らわしいのか、それとも立派なのかよくわからないでいた。マリーは綺麗な褐色の脚をしていて僕は満足だった。胸はほとんど膨らんでいないが気にはならなかった。くっついたり離れたりするひそひそ話の輪は、いつも彼女が真ん中にいて一番目立っている。だから話し声を聞けば、このいたずらっ子を見つけることができた。みんなが波打ち際に走っていくと、明るい色の水着だけが彼女の目印になった。その上に穴のあいた大ぶりのセーターを着ていてもちっとも太って見えない。僕はそんな一連の動きを細かく観察し、その遊び方から娘を理解する糸口を探し出そうと考えた。双眼鏡を買うことも思いついた。これまでのところ、マリーが何を考えているのか僕にはわからずじまいだったからだが、やはり双眼鏡は、変質者ととられかねないので思い直した。しかし、この岩陰の海藻にもたれて座り、ときどきマリーを眺めていると、自分がしっかりと彼女を見守り、一緒に休暇をすごしているような錯覚に浸ることができた。

『じゃあね、こんどは何にしようか……』ごっこ遊びをする子供たちは、われもわれもと声高に叫ぶ。『お店屋さんごっこがいいわ……潜水艦ごっこだ……アメリカ人ごっこをしよう……』そう言えば、こっちの岩陰ではお母さんなしでお父さんごっこをしている。思いやりがあり、寛大で慎み深い父親を演じている。結局、理想的な生活とはそういうものだった。この想像上の世界では、マリーは孤児ではなくなっていた。実際、娘を眺めるたびに、僕には他の生徒たちよりもずっとそんなふうに見えなかった。

岩陰の海藻に身体の跡が残ってしまいそうだ。僕は天候が許すかぎり毎日、子供たちが外で遊ぶ時間に合わせてそこへ出かけた。本や新聞を持っていくこともあれば、オネールの仕事関係の書類を持っていくこともある。煙が目立たないように紙巻タバコをパイプに替えた。要するに、マリーの傍らでいっぱしの家庭生活を送っていたのだ。娘が何かの運動で不器用な面を見せると同情し、地雷撤去の済んでいない立入り禁止区域に近づくとはらはらする。僕が思わず出ていこうとすると、注意を怠らない女性教師が一瞬早くマリーを呼び止めてくれる。僕の娘は無闇にでしゃばるようなタイプではない。特に、彼女が健気《けなげ》につきまとっている年長の男の子に対してはそうだった。見慣れてきた生徒たちの中で、僕はこの小さな伊達男《だておとこ》にすぐ気づいた。つやつやと輝き、長ズボンをはいた姿は誇らしげだった。マリーは彼を喜ばせ、彼はマリーを守って、互いに同じグループに入ろうとしているようにみえる。僕は好ましく思った。なかなか良い関係だ。

ある朝、一人で浜辺にいるマリーを目にして奇妙な感じがした。彼女は海を見つめている。引率の教師は振り向かせないようにしている。何かいたずらをして立たされているのか。そのうちようやくわかったのは、隠れんぼが始まっていてマリーが鬼になっていることだった。見苦しいほどに肩入れするのはもうやめなければならない。たとえ自分の子供でなくても、僕は手探りで世の中に出ていこうとするような痛々しい人間には同情してしまうのだから。そういえば、マリーが自分の意志だけで動く姿を一度も見たことがなかった。彼女はくるりと向き直ると、ちょっとためらってから僕のほうへ歩きだした。僕は用心深くトーチカのほうへ後退する。振り返ると、彼女はしなやかな身のこなしで岩をよじ登っているところだった。僕はそれに見とれる暇もなく、トーチカの一つにもぐり込んだ。それはコンクリート製の丸天井の砲郭で、細長いトンネル状になって、丘のほうまで延びていた。暗闇の中で平べったい銃眼口に神経を集中する。マリーは今目と鼻の先にいた。僕はその顔に悲しい表情を見てぎくりとした。それは、子供が一人ぼっちで誰も助けてくれないと知ったときに、不意に浮かべる途方にくれた表情とは違っていた。鼻をツンと上に向け、つぶらな瞳を大きく見開き、短めの髪が額にかかるのを気怠《けだる》そうに手で掻き上げて瞼を擦《こす》っている。「トーチカの中に隠れるのは、は・ん・そ・く・よ」僕のいる場所からは、はっきりと区切るようにそう叫んでも、熱中している様子がないことは十分わかった。そして、どこまでも人がいいのか、中を調べもせず諦めた足どりで遠ざかっていく。このとき、複雑に仕切られた迷路のようなトーチカの奥から、穏やかでない囁き声が聞こえた。

「なんて間抜けなの」女の子の声だった。「もう大丈夫。タバコ持ってきた?」

「行っちまうまで待てよ」男の子の声が答える。

僕は気づまりを感じた。マッチを擦る音がする。

「ほら、先に吸えよ」

「いいえ、あなたから」媚びる女の子が猫撫で声を出す。「マリーと吸ったことあるの」

「あの子は好きじゃないみたいだ」

「わたしたち馬が合うよね。ほかの子たちはみんなガキで、何にも知らないんだから。わたしたち二人だけよ」

「まあね」

「ねえ、フランソワ、食堂ではわたしの隣りに座って」

「でも、マリーは」

「平気よ……」

僕は忍び足でトーチカをあとにした。それ以上聞きたくなかった。マリーはもう浜辺まで戻り、見つけた者の人数を数えていたが、内心落ち着かず、心配気に入江全体を眺め渡しては、僕が今しがた出てきた場所をいつまでも気にしていた。僕はあのフランソワという少年が娘のナイトであってほしくないと思っていた。が、彼に間違いなかった。顔つきは生意気そうだが、割に綺麗な大柄の女の子の手を引き、おとなしく目の前を歩いていく彼を見て、僕は顔が赤くなるのを覚えた。女の子は、手にさげたポシェットの中に、動かぬ証拠の吸い殻を忍ばせていた。子供たちに対して感じる幻滅感ほど質《たち》の悪いものはないと思った。

立ち直りは早いつもりだったが、今朝また、マリーが苦しんでいるという思いが堪え難いほど押し寄せてきた。この強迫観念が引き金になって、あらゆる苦悩が次々に僕にのしかかる。まずは、僕たち父娘の不幸、そして誰かとスペインへ旅立ったクレール、僕に脱出を余儀なくさせたパリ、酒に溺れる日々と自己嫌悪。岩陰で見苦しくじっと様子をうかがっていたことは、もちろんのぞきのつもりではない。しかし悪いことに、マゾヒスティックな色合いをもっている。マリーの生活に踏み込めない苦しさは、彼女にもっと愛《いと》おしさを感じるのではなく、自分を一層傷つける結果を招いている。僕がいちばん素直に同情できるのは、やはり自分自身に対してなのだ。普段なら心和《なご》むようなことに、今日の僕は苦しんでいる。僕は陰気な人間ではないが、情けない人間だ。エノーの店で飲んだカルヴァドスが苦悩を募らせると考えてみても救いにはならない。精神状態がことごとく肝臓に左右されるわけではないのだから。憂鬱の兜が眉まですっぽりと頭にはまり込んでいた。夜が明けなければいいのに——。

フーケはぐっしょりと汗をかいて、生き地獄のような世界を漂流していた。そのとき、誰かがドアをノックした。朦朧とした意識からなんとか抜け出し、服を脱ぎ捨てシーツをめくった。陽が高いとすれば妙な行動だ。実際、一週間も雨が続いていたので、この日太陽が出ていたことがひとつの大事件といってもよかった。フーケは慣れたもので、それらしくベッドにもぐり込んだ。マリー＝ジョーがお盆で朝食を運んできて、布団の中でむっつりしているフーケを見た。

「お客様は雨戸をお閉めになりませんでしたね」彼女は言った。「今朝はおかしな顔をなさってますわ」

つまらないことを言うのは恥ずかしいからだ。右側の壁に貼られた黒人女性のヌード写真や、反対側のベッドで彼女を困らせようとわざと胸をはだけたフーケを見ないようにしている。彼女はこの部屋の何もかもが気づまりだった。ドキドキしながらドアのほうをうかがい、頬を赤く染めてしまう。無愛想で何も気にしていないような態度をとるのはその動揺のためだ。フーケは、そんな愛くるしい親しみやすさや純朴なところが気に入っていて、ときどき彼女をすこし部屋に引き止めたりしていた。またそうすることで、無関心にみえて、実は恐るべき炯眼《けいがん》を秘めたようなカンタンと向き合うことなく、この家の私生活に立ち入っていけた。しかし彼はこの日、若いメイドに対し、証人を前にするように挑発的な態度に出た。日頃よく品のない冗談を飛ばしていたので、マリー＝ジョーはそれも戯れのひとつととった。

「よく眠れなかったのでしょう」彼女が言った。

「もう知ってるのか」

「何をですか」

「遅く帰ってきたことさ」語気が強まった。「さんざん馬鹿をやったのは知ってるよ。そんな無様な姿をここの主人に見られてね。今頃笑ってるだろうな。自分でもそうなんだから」

常に機先を制するのだ。クレールは、フーケが酔った上での馬鹿騒ぎを大げさに話し、それを肴《さかな》に仲間と興じている、とよく責めたものだ。悲しんだり笑いとばしたりしていても不安で仕方がなかったのに。それがちょっとした気分転換のつもりだったことを彼女は気づかなかった。

「カンタンさんはそんなこと一言も口にしません」マリー＝ジョーは答えた。「あなたにだって、もう話しはしませんよ。奥さんは性格が違いますが、ご主人にとっては昨日の事は昨日の事です……それに、あの人は物事をわきまえているという話ですよ」

わきまえているだって！　奈落の底へは、行くも帰るも孤独な旅だ。その深淵から戻ってくるものたちは仲間を求め合っても出会うことはない。さまよえる群れを寄せ集めるのは、すべてをさらけ出す太陽の明るさだけだ。彼らは苦悩のうちに蘇り、そして振り返る。夜の間の彼らの足どりはことごとく消え失せている。酔うのは簡単だが、酔いそのものは理解されることはない。

「今朝、彼に会ったんだろう」フーケが尋ねた。「どんな様子だった」

「私に聞かれても困ります。ご主人はいつもどおりです。あの人がそんなに怖いんですか」

彼女の押しつけがましい微笑、すきのない善良ぶり、さらには、この学校の中庭の内緒話のような滑稽極まる質問に、フーケは苛立ちを覚えた。

「怖いとすれば、迷惑をかけたことさ」

これには彼女も思わず吹き出した。

「あの人が迷惑なのは、朝早くから起きだしたり……そう、いつまでも寝ないでいたりすることね」

「なるほど。彼は他人に無関心だからな。ところで君にはどうだい……彼は君にも……」

「いいですか、フーケさん。あの人は良識ある人です」

「彼は重い病気だろう、違うかい。良識ってのは、実は摂生してるだけさ」

「初耳ですわ。この三年間、私はあの人が元気に頑張っているのを見てきました。お医者さんが来たこともありません」

「ほんとうにそうかな」

「悪口はすぐ広まりますから」

「おかしいじゃないか。病気なのは別にうしろ指を差されることじゃないだろう」

このことについてマリー＝ジョーは心もとなかった。田舎育ちの彼女は健康と美徳とを同じように考えているらしい。血色のいい顔を見ると、それもうなずけた。

「何かの報いですわ。私は病人のいる家で働きたいとは思いません」

白い花が咲き、丸い実をつけ、やがて萎びる……そんなリンゴになぞらえて思い描いていた人生のイメージがこの会話で損なわれたかのように、彼女は廊下にさがった。

「そんなに忙しいのかい。放ったらかしにしないでくれよ」

「狩りの季節なんです。もうあちこちで始まっていますよ。それに日曜日のお勤めもあるし。ああ、忘れるところでした。手紙が来てますよ、日曜なのに。ほらね、私はお客さまを放ったらかしになんかしてないでしょ。あなたの郵便受け棚にありましたから。昨夜お部屋に上がるとき、ご覧にならなかったのでしょう……お食事は冷めないうちに召し上がってください」

その手紙のほうは、冷めるほどの時間が経っていた。フーケはそういうふうにするのが好きだった。たまに手紙を開いてみるときは、たっぷりと時間をかけて内容の見当をつけている。そういう手紙は必要に応じてポケットや引出しの奥に注意深く紛れ込ませておく。それでもロジェには、やっかいだとは思いながらも、アパートの管理人のところへ行って、郵便物を適当な間隔で送ってくれるように頼んでおいた。程よく冷めた手紙はむしろご馳走だった。時間が経ち、遠く離れていると、攻撃の効果も薄れていた。一週間前に発せられた最後通牒が、ひと月の猶予を与える警告になる。狩人たちの狙いは近すぎたり遠すぎたりしている。フーケはまともに弾を受けることはないと感じていた。
オネールの筆跡からはもどかしさが見てとれた。『僕がどんなに気をもんでいるかわかってもらいたい。みんな君のせいだ。君と連絡がとれない。このままではせっかくのチャンスを逃してしまう。幕は上がろうとしている。生活しなければならない。透明人間と仕事をするくらいなら、やめたほうがましだ。期限ぎりぎり（一週間もすぎている）まで待つから連絡してくれ。僕に家主のような催促をさせる君が恨めしい……云々』
なるほどオネールは家主のようなものだけれど、なかなかいいやつだ。彼はフーケに心酔していて、劇場の幕間でやる宣伝用の寸劇を、コマーシャル・フィルムとそっくり同じ形式で作ってくれるよう依頼していた。業界の人間にしかわからない混み入った事情があって、この仕事はフーケと幾人かの三流役者なしでは立ち行かない。役者たちはあわよくば舞台に立てるかもしれないという誘いに乗って加わった連中だ。オネールはひと財産をつぎ込んでいたが、いかさま女優たちと契約しては、手形の支払いも拒絶されるような仕事を手当たり次第にやっていた。ゆくゆくは、若者がコメディー・フランセーズと見紛うようなきらびやかなハーレムでもできると思い込んでいるのだった。
二通目の手紙はフーケの母親からだった。『後見人のロジェはおまえのやっていることを勿体ぶって教えてくれないし、おまえはおまえで母さんをあまりかまってくれない。ロジェは私の寂しさを紛らわそうと、競馬に連れていってくれました。もっと早く経験してみるんだったわ。騎手たちの素敵なことといったら。孫のマリーを思い出します、同じような背丈で、敏捷で。でも、このちっちゃな人たちは私を儲けさせてくれました。おまえの娘にはお金がかかるだけだけれどね。トランブレイ競馬の勝ちで、ジゼルに十月分の養育費（おまえはまだ払っていないでしょ）の一部を前払いできました。日曜にはロンシャンに行って、残りの分を稼ぐつもりです。おまえはなぜ競馬をやらないの。いろいろ責任もあるおまえくらいの年齢の男なら、生活を良くするためにはどんなチャンスも逃しはしないと思うけれど。手紙で申し込むこともできるらしいわよ。いったいどこに誰といるの。よく考えて。いい女《ひと》と一緒にいるのはかまわないけれど、それで自分の務めを疎かにしないよう願っています。第一に健康に気を配ること、第二にお金を稼ぐことです。何か必要なものがあれば知らせなさい。おまえの名前でいくらかのお金を賭けてもいいのよ。毎晩おまえのために祈るのと同じくらい一生懸命やるわ。ほんとうに何でもしてやりたい。だって、それが私のかけがえのない生きる理由だから……云々』

最後の封筒は書き間違いが多く、消印はティグルヴィルになっていた。フーケは、おどおどしたマリーの署名をそこに見つけた。投函した場所に戻って見事に標的を当てたブーメランだった。

第三章

白い手袋をした警官が十字路に立ち、日曜日だとわかる。フーケは自分の部屋の窓から、七月二十五日広場の真ん中で案山子《かかし》のように動じないこの交通整理人形を眺めていた。歩行者や車が遠ざかっても、ただ彼の影だけが日時計のように、夕方まで周囲を回っていく。歪んだ帽子の影がホテルの正面のほうにのびれば十一時になり、教会の鐘がミサの時を告げる。

フーケは疲れ果て、テーブルの椅子にくずおれた。また寝てしまえば、日中いっぱい降りていくことはできないだろう。こういうとき慣れた酒飲みは、夜から昼の生活にゆっくり移っていくには〝迎え酒〟がいいとすすめたりする。そんな朝はいつだって身体のリハビリが必要だ。フーケは仕事をすることで、原稿の束の下に置いた未開封のマリーの手紙のことを考えまいとしていた。その原稿は、すこしでも義務から解放されたい一心で、気もすすまないまま経験を頼りに書きなぐったものだ。
『ペアリング宣伝のための寸劇草案。下着、洗剤。リシュリュー枢機卿登場。有名なジョゼフ神父を思わせる、髭のカプチン会修道士が囁く話に熱心に耳を傾けている。突然舞台の袖から筋骨たくましい男が真っ白なパンツ一枚で現われる（海水浴場のコンテストにごろごろいるような、美男子の若者の中から選べばいい）。枢機卿は感嘆して見とれ、傍らの顧問官をもういいとばかりに遠ざけると、この若者を指して観衆に宣言する〝わしの参謀はうす汚れているというに、この者の純白は……（ここで製品名）〟〈オニール氏へのメモ〉。まったく恥ずかしいかぎりで、リシュリューの科白《せりふ》にも手直しが要ると思う。それに君からすれば、女性が登場しないのも問題だろう……』

このとき鐘が鳴りはじめた。フーケはティグルヴィルに来てからずっとミサに行っている。ひとつには、水着姿でないマリーを見ることができるからで、また、パリを離れたり、外国を旅行したりするときの彼の習慣でもあった。教会は、周りに同胞がいるにもかかわらず大使館のような気がした。話される言葉は自分と同じ国のもので、助けや保護を求めることもできる。そして、酔った上での過ちを懺悔《ざんげ》して祈り、ビザを延長してもらうこともできる。だが、なぜビザが要るんだ。滞在を延ばすためか——どうせそんなものはいつか役に立たなくなるのに。ともかく、彼は急いで服を着て、マリーの手紙をポケットに押し込んだ。何事もそう単純には運ばない。手紙の内容を知りたいという欲望が、あっという間に彼を燃え立たせかねなかった。ほんのわずかでもその資格があると思えば。

カンタンは日曜日に教会へは行かないようだが、そうする人間を煙たがっているようでもない。最初、彼はフーケが教会に出かける様子を見て驚いたように眉を上げたはずだ。今日あたりは内心、『あの若者はそこいら中の教会に顔を出しているに違いない』と思うだろう。フーケは階段の途中でためらっていた。カンタンが自分の机に腰を落ち着け、焼けた顔に不釣合な眼鏡をかけて読み物をしているのが見えた。できれば、昨夜のことは事故のようなもので、ティグルヴィルを歩きまわるのには訳があるのだと言いたかった。三週間は立派に節制したことを強調したかった。が、話しだせばきりがなかった。カンタンの前まできて声をかける。「昨夜はお手数かけました」相手はびっくりして目を上げてから、何でもないというふうに首を振った。「もういいさ」それからまた読み物に戻る。それだけだった。何の気安めにもならない。フーケは外階段まで出ると振り返った。そして、今出てきたばかりの再び憂色に染まる山のような建物を眺めた。そのたたずまいの中に、自分が夢想していたはずの知性や優しさ、あるいは軽蔑、そんな気配はもはや感じられなかった。この石の塊りにはいかなる亀裂もない。おそらくこれが、エノーが不機嫌にいう〝正義〟なのだろう。

円形広場に立つ教会は、修繕の跡だらけで満身創痍の外観を見せている。周りには色彩豊かな商店が軒を連ねていた。潮の匂いの染み込んだ店主たちが、毎朝、太古の洞窟から出してきたような代物をウインドウに並べている。風変わりな手芸材料、義足などの人工補正器具、海軍将校の訳のわからない装身具など。夏には熱心な信者たちで教会の前庭まで賑わうらしい。クッション付きの扉をうしろ手に閉めると、半分に減ったワイン瓶のコルクを抜くような音がした。中は薄暗く、聖歌隊が微かに明かりに照らされている。祭壇や並んだ席のあちらこちらで囁き声がする。ディヨンの生徒たちはいつものように、宝探しの守護聖人、パドヴァの聖アントニウスを祭る横の副祭壇に沿って並んでいた。マリーはチェックのワンピースを着ていたが、残念なことにひざまずいているところだった。フーケは柱の陰まで進むと、インドの王族やハリウッドスターや石油王たちが、自分の子供を大陸から大陸へと引き連れていくことを考えていた。優雅なことだ。しかし、この秘密裡のささやかな行動のほうが、むしろ銃士の物語を連想させた。ポケットの中の折り畳んだ手紙に触れると、暗がりの中で、どうしてもそれを読みたくなった。マリーの祈りはサンタ・クロースへの手紙と同じようなものだろうか、それとも、すでに黙想の形をとっているのだろうか。『神よ、彼女の願いを聞き入れたまえ。いつもお話しているように、あれが僕の娘です。さあ、ご覧ください。いい子ですよ。僕らはお互い知った仲じゃないですか、とくにあなたのことは……』聖体拝受のときを利用して、フーケはこっそりと封筒を開けた。カサカサという音が響いた。

『パパへ。わたしは寄宿舎にいます。先生たちは優しくしてくれます。男子も女子もみんな。でも、モニークだけは別。彼女は病気です。いい気味だわ。彼女はもう何日も水遊びできないから、わたしには好都合。私は寄宿舎にいます。パパが会いにきてくれて、泳ぎを教えてくれたらいいのになあ。パリは天気が良くて、パパの劇場もうまくいっているといいと思います。贈り物の中にタバコを隠して送ってくれたらうれしいです。心を込めて……』

結局何も深刻なものはない。子供が口にする真実の気配も、知らず知らずにもれる毒気のかけらもなく、生活の不条理に対するほんのすこしの不満。娘の手紙がフーケにもたらしたのはそれだけだった。とはいうものの、彼は顔がほてるのを感じた。『もし今僕が姿を現わしたら、マリーは現実に僕と会えるわけで、祈りの力を信じ、僕を神さまのように思うだろう。僕は呼び招かれ、やってくるのだ』場合によって他人に恐ろしい力を発揮するこの状況に、彼は愕然とした。かつてクレールやジゼルや他の人々に対して無闇に利用したことがあったからだ。見られずに見る、知られずに知る、これこそが酔っ払って優柔不断な神さまの信条であり、祈りや手紙や電話に応じることではない。フーケは不誠実な自分をごまかすために、義務をほったらかしにする無気力さを、人間が本来無力で、物事をあるがままに受けとめる態度として片づけようとしていた。ほんとうの神は簡単に騙されるとは思えないが、万が一ということもあるので、そういう自分を見せておくのだ。

正式に帽子を被った教師が、男子生徒を女子と離して集めていた。その中で若いフランソワにはちょうどひと筋の陽の光があたっていた。頭と肩が周囲から抜きん出ている。フーケは彼の両親はどんな人間だろうと考えながら、マリーのほう、つまりすべてがとても軽くみえる天秤ばかりの反対側の皿に思いを馳せた。ほんとうの神ならば、親に細やかな愛情を注がれなかった子供の幸せという微々たる問題にも慈悲をかけてくれるだろう。年のわりにがっちりしたフランソワが自分の息子になるかもしれないと思うと、フーケは似たようなスエードの上着を着た彼が、驚くほど身近に感じられた。自分の目鼻立ちや細かな造作が父親たる威厳を示していないのが残念だった。同じ一族か、まあいいだろう。だが、とにかく、もっと経験を積んでからだ。それならカンタンはどうだ。彼がまったく無関心な顔をしながらも、戦争体験を自慢しているのは間違いない。フーケの思いは不吉な道に迷い込む。そこではすっかり壁が取り払われて、カンタンがヴェスヴィオス火山のように猛り狂い、大きな笑いの渦の中で懸命にもがいている。そこは、今度はカンタンが悪魔のようになってしまう道だった。

ミサが済んだ。いつでもゆっくり始まり、さっさと終わる。ディヨンの生徒たちはもう並んで皇后通りにさしかかっていた。この隊列が崩れるのは、ヴィクトリア叔母を出迎えるときだ。齢《よわい》八十を数えるこの創始者は祈祷台の狭さには耐えられなくなっていて、ミサの間、懇意にしているトミネの菓子屋に預けられていた。二人の子供がこのあまりうれしくない役目を仰せつかり、老女の世話係を助けてムエット海岸の丘を上っていく。広場は、狩猟の季節のために普段よりずっと人出が少ない。周辺の地主の車は着飾ってツンとすました若い娘たちが運転していた。あとはホテルの部屋に戻るだけだ。今日はこれくらいにしておこう。

人目につく場所に出たり、みんなと同じように楽しむことを考えたりするのはやめるべきだろう。噂になったりすることなく無事に帰らなければならない。フーケはシニストレ通りを中ほどまで歩いてきていた。そのとき反対側の歩道に、以前も日曜日に見かけたことがある二人連れの若い女たちがいるのに気づいた。一人の女の高慢ともいえる美しさや、もう一人のはしゃぐような陽気さに見とれたわけではない。彼女たちは言葉を交わす素振りをし、歩調を緩めて店々のウインドウをチラチラとのぞきながらも、彼と一定の間隔を保って歩いていた。たとえこの歩き方の深い意図などわからなくても、フーケはそこに彼の注意を引き、相手も引かれていると訴えかける、ひとつのサインを読み取った。彼はそのメッセージをとらえたことを気づかれないように注意した。しかしホテルの前に着いてからも、七月二十五日広場を通り越してパリへ向かう道を歩き続けていた。長い間このような気持ちを味わっていなかった。血管を駆け巡りはじめた賑やかなワインは、前夜の酒を最後の一滴まで絞り出し、悔恨の群れを追い散らして、しばし彼をとりこにした。娘たちが自分を若者と見てくれれば、人生もまだ捨てたものではない。怪物に変えられていた王子を自由にするには処女のまなざしがあれば十分だ。これまで足を踏み入れたことのない街の界隈に近づきながら、フーケは忘れていた単純な条件反射によって、なかなかの美男になっていた。彼を制御するのは魂や精神というような大げさなものではない。目立たない職人たちが操るのだ。たとえば美は血管収縮と括約筋の仕事で、フーケの美は腎臓の炉で生まれ、途中唇を充血させながら瞳孔に上ってきた。動物と違うところを見せるために努力することといえば、この無言の芝居の中で見え隠れする自分の愚かさを内に押し込めるくらいのものだった。

女たちは十八か二十くらいに違いなかった。二人とも髪はブロンドで、ウエストがキュッと締まっている。綺麗なほうはハイヒールをはいて丸みのあるふくらはぎを見せていた。もう一方はマーキュリーのサンダルを思わせる銀ラメの軽そうな靴をはいている。二人は腕を組んでグラットパン通りに入り、頬を接し、ほつれ毛を絡ませんばかりにして振り返り、フーケがあとについてくるのを確かめていた。彼は娘たちがぷっと吹き出して笑う声を聞くと、新聞スタンドや郵便局、そして、偶然にも警察署の前でさえ続けざまに自分の姿をさらしていることも気にせず、歩き続けた。今は、両側に工場労働者の住宅が建ち並ぶ一画に出ていた。家の前を生活の場とするここの住人たちは、互いに知らぬことなどないに違いなかった。路地の奥にあるチーズ工場やガス工場を訪ねるような顔をすることはできるとしても、自分のほうが最初に手の内を明かしてしまったことは確かだった。フーケはこの広がりのない風景を眺めるようなふりをしながら、自分がこの若い娘たちに平日には出会ったことがないのに気づいた。とすればこの界隈、たぶんチーズ工場あたりで働いていて、この家並のどれかの同じ屋根の下に住んでいるのかもしれない。もっとも、お互い気をつかっている様子を見ると姉妹とは思えない。これはいくらか残念な気がした。フーケはこのいい関係を崩されたくなかった。目的を遂げるのは二の次で、めくるめく気分の中で青春の味を思い起こすだけで満足だったからだ。『おまえは何をしようというんだ』彼は悪びれもせずに考えていた。『何ひとつ話すことはないし、出来ることだって何もない。どうせ、すぐにいい年の大人として振る舞うことになるぞ。無駄にする時間などないはずだ。よく考えてみろ、この年にもなれば、いい友達の関係なんてあるわけがない……何と言おうか。僕は二十歳なんだ、ほんとうだよ。ねえ、写真を交換しよう。兵役についたら手紙を書いてくれないか……マドレーヌに僕らの手紙を取り次いでもらおう。それともドミニークかジャクリーヌか。とてもゆっくり進む情事は毎日が思わせぶりな表情やしぐさであふれ、そのひとつひとつが僕らをキスよりもときめかせるだろう』

突然、娘たちの姿が小さな庭のどれかに隠れて消えた。ドアの閉まる音がする。だが、どこだ。フーケは成り行きでもう何十メートルか進み、田舎の娘たちが窓の手すりにベルトやリボンをかけて、こっそり目印を残してくれるのを探し求めたが無駄だった。芝刈り機を押して現われた男が冷やかし半分にじろじろとこっちを見るだけだった。父親や兄や気難しい許婚者の鉄砲弾を食らう前にと、フーケはグラットパン通りへとって返した。嫌な思いはなかった。一杯食わされることも、そして恐ろしい番犬でさえゲームの一部なのだから。パリへ向かう道まで戻ってからようやく、昨夜自分を助け起こしてくれたのはあの男ではないかと思って苦笑した。

「狩猟の解禁ですって。相手を見て話してくださいよ……」フーケが答えた。目の前には、食堂のテーブルの間を歩いてきたカンタン夫人がいた。ミサのあとの興奮がまだ残っていて、もうどうにもならないのに、あの可愛い子猫たちに話しかけなかったことをしきりに後悔していた。話すだけで別にさらってくるというわけじゃない。

「私が言いたいのはね」シュザンヌ・カンタンが話し続けていた。「すこし運動したほうがいいということよ。あなたは何も食べないし、もし私の息子だったら……」

　顔色が悪いからどうのこうのという話を、フーケは漫然と聞いていた。昨夜のことを知っているなら別だが、根も葉もない言いがかりだった。だが、カンタンが話していないことは確かだった。他人《ひと》に弁明を迫る鉛のような青黒い顔、彼があの我慢のならない男の顔をしているのは、まさにその口の堅さのせいだった。エノーは間違っていた。カンタンは他人のことをとやかく言ったりしない。彼は寡黙な証人であり、かつてはこちら側の人間だったからこそ気づまりを感じる、いわば仲間を裏切った者なのだ。何を知っても口には出さず、その行動は予測できない。気になるとはいえ、他人の真実など、彼にとってはどうでもいいのだろう。

「僕は結構飲むんです」フーケははっきりと言った。「昨夜は飲みすぎました。やめられないもので」

「もうやめなさいね」テーブルの瓶に目をやりながら彼女は答えた。「好きでもやめられるわよ」

「そんなこと言ってたら儲かりませんよ」

「お客様の健康を気遣うのも商売のうちです」

「いっそサナトリウムを開いたらどうです。ご主人は何も言ってませんか」

彼女は面食らったようだった。

「いいえ。ただ遅くまで話し込んでいたとだけ。私を心配させたくないのね……」

「悪く思わないでください」

「そんなつもりはないわ」

じゃあどんなつもりだったのか。フーケは、カンタンが相変わらずうそをついて、何くわぬ顔をしていることを仄めかすことが、彼女の反感を買っているのに気づいた。カンタン夫人は、会話がそれ以上進むのは危険だと感じたかのように、不自然な微笑みを浮かべて話をやめると立ち去っていった。代わってすぐにマリー＝ジョーが現われた。

「ねえ、調子はどう」

マリー＝ジョーは朝の白い作業着を脱いでいた。黒いブラウスの上にレースのエプロンをピンで留めているものの、留め金やストラップなど仰々しい下着の一部が透けて見えた。フーケはそんな姿の彼女を処女ではないかと思った。別に自分の純潔さを気にしていたわけではないのだが。

「だめさ、まったくね」

「愛想がないのね」

「そういうたちでね。人生は衰えるのみさ」

「女の子たちのこと考えているんじゃない」

「どうしてそう思う」

「友だちがディヨン寄宿学校の周りをうろついているあなたを見たのよ」

「泣き面に蜂だよ。居酒屋の主人たちは僕を酔っ払いだと言うし、メイドたちは色魔扱いか」

「自業自得ね……」彼女は笑った。

「ねえ、マリー＝ジョー。今日は日曜日だからさ、いいことを教えてあげようか。僕にはもう十三になる立派な娘がいるんだ」

彼女は肩をすくめた。

「信じられないわ」

「そう思うならそれでいいさ……さあ、調理場へ戻って。ここの連中はみんな腹ぺこだ」

「あなたも?」

「僕はいいよ。言ったろ、ここの連中って……」

彼女は食堂をざっと見渡した。

「まだ、たいしたことないわ。来週は万聖節でしょう、そうなったら見もの。ここに葬られている人の家族がどっと押しかけてくるわ、退屈している暇もないほど。アメリカ人も来るのよ。食事は別にしたほうがいいなら、そうしましょうか」

「アメリカ人が嫌いってことはないさ」フーケはうわの空で言った。「ところで、今入ってきた人たちを知ってるかい」

「予約席ね」

「そうらしいね」新たな客たちは返してあった椅子を音を立てて並べ直し、六人分のテーブルセットを前にした。「どっちにしても、団体さんで、みんな一緒なんだろう」

「さあ、どうでしょう。あのお嬢さんといるのはドンフロンの自動車修理工場の方です。若い男の子がいるほうのグループは知りません。何か気になることでもあるの」

「きっと一時間もしないうちに同じテーブルでコーヒーを飲みだすよ……一緒に酒を飲んだり、ケーキ屋で顔を合わすようなつきあいじゃなくてもね」

「人の心が読めるなんて、まるで神様ね」マリー＝ジョーはメニューを取り上げながら茶化した。

「そうかもしれないな」

フランソワの両親を知りたいと思っていた彼にすれば、収穫は十分だった。その父親はフーケと同じくらいの世代のはずだが、十歳ほど上に見える。夢を見るなんていうささやかな抵抗では、重苦しい現実にとうてい太刀打ちできるわけがない。生活を築き上げることだけに費やした十年間は、ひまなときに昔の仲間と会うくらいが関の山だ。流行の背広を着て、縁無し眼鏡をかけ、短い髪に涼やかな額、テニスで引き締めようとする肥満気味の身体。これだけ見ればたいていの想像はできた。いつまでも若々しい妻と一緒なら羽目をはずすこともできるだろう。四十近くなると、勘違いして、自分が夫をこの世に送り出したかのような顔をする女もいるが、そんな様子が見えないのは救いだった。とにかく確かなのは、ロブスターを食べる前に入念に眺めまわすような父親が若僧ではないことだった。

モニーク。あの日トーチカの中でタバコを吸っていた大柄の女の子は、モニーク以外考えられない。それに、着ているセーターの胸のあたりがマリー＝ジョーと同じように膨らんでいるのを見れば、彼女が例の〝病気〟になる年齢だと容易にわかる。そのモニークの父親はフランソワの父親の田舎版だ。彼は、スケールは小さいが、地元の有力者というところで、ガーデン・パーティーや、自動車ラリーなど、ドンフロンの仲間うちだけの集まりに顔を出し、それで商売の売上げを大幅に伸ばすようないいご身分だ。妻は彼にはお似合いの女で、たいして教養もないのに、口だけは達者だ。

子供たちは、離れて座っていても、両方の家族の間に何か通じ合うものがあることを感じ取っているに違いなかった。そんな中では、マリーとフーケはボヘミアンのように居場所を失ってしまう。子供たちはお互いをほめ合い、最初に抱いた好意を膨らませていた。期待していたより早く、両方の家族は〝コレステロール〟という言葉を会話の糸口にして、トランプゲームの話で打ち解けていった。二つのテーブルが近づけられた。フーケは自分のテーブルに誰もいないのをひどく寂しく感じた。

男一人で食事する姿は物悲しい。どうも落ち着かなくて、こそこそしたり、鷹揚《おうよう》にかまえたり、かと思うと妙に気難しくなったりする。フーケはステラで食事をするようになってからというもの、この独り者にありがちな振る舞いというか、意味のない癖をやめようとしていた。セールスマンたちががつがつしながらも細かく注文をつける様子は哀れで、見苦しくさえ感じたからだ。たまに姿を見せる女性客は、周りをまったく気にせず、食べることだけに専念して、さっさと出ていった。しかしフーケはそういう女性たちの自然な振る舞いを邪魔したくなかったので、じろじろ見たりはしなかった。その代わり、カップルを目にすると心が痛んだ。二人揃って行儀よく食事をしているのを見ると、人は空いたままの椅子と向かい合って生活するものではないと思い知らされた。このうれしそうな子供たちについては言うまでもない。目の前では父親が渡りのペリカンのように喉袋を獲物でたっぷりと膨らませているのだ。

二人分のロブスター、二人分の鴨肉、ツインの部屋、ダブルベッド……、世の中の図式は彼に自分があらゆる物の一部でしかないと意識させる。しかしそれを何より実感するのは食卓につくときだ。パンや塩を取る指が他人の指に触れることはなく、扇のように広がる花瓶の花で隠れる笑顔もない。今そこはマリーの場所だったが、クレールが座っていることもあった。彼は良き父親ではないので、ほんとうの幸せは、相手を喜ばせるだけでは得られないことを忘れていた。

しかしフーケは目の前の家族の光景から遠く離れたところにいた。マリーもまた、この話し込む家族同士と、二人の同級生たちの満ち足りた様子を見れば、羨ましく感じるに違いない。これこそ昔フーケが手の届くところまでいきながら、しっかりつかむことのできなかった喜びだった。両方の若い家族は、今その手本を十分に見せてくれている。彼にはそれがどんなに陳腐なものに映るとしても、子供たちの顔をにこやかにする価値はあった。

フーケは夢想する。『両親のところに遊びにいってこいよ――あなたを独りにはできないわ――たぶん僕もすぐに行ける。まあ、呼んでくれればだが……』マリーは目に涙を溜めている。父と母が他の人たちと同じように生きられないことなど、彼女に理解できるわけがない。『行けよ』ジゼルは意を決する。あの日の午後から二人を引き裂く責め苦が延々と続く……

「さあ、元気を出そう」フーケは口にした。

今はもう、フランソワとモニークはテーブルから立ち上がり、庭に出てもいいかと尋ねている。みんなは微笑みながらそれを聞き入れていた。フーケはこのストーリーの中で娘の影が薄くなりはじめていると感じ、自分が何とかしなければいけないと考えた。部屋に上がって窓から子供たちを観察する——これはもう病気と紙一重で、孤独のあまり壁に聞き耳をたてるようなものだった——すると、にわかに自分がたった一人ではないという考えが閃いた。カンタンが、若き日の悔恨をいつまでも引きずり、消えかけた情熱を胸に秘めて、万里の長城と向かい合っていた。その城壁を何とかして乗り越えさせるときは来るはずだ。

部屋はマリー＝ジョーが掃除を済ませていた。窓を開けると、海は蒼白い太陽の下で焼けたように黒ずんで見えた。フーケは自分がこの小さな部屋に慣れきってしまい、いとも簡単に溶け込んでいると感じた。いつまでもここにいるわけにはいかないことが、前夜からの倦怠感をさらに沈んだものにした。下の外階段の近くでは、フランソワとモニークが戦死したカナダ人兵士を偲ぶ大理石のプレートを読んでいる。

「ここに埋まっているのかな」

「まさか。両親が引きとりに来てるわ。とにかくね、戦没者の祭りにはそこらじゅうが花だらけになるのよ。私は土曜日に発つから見られないけれど。まずドンフロンに帰って、それからバニヨル・ド・ロルヌに行くの。だって三日間も休みがあるのよ」

「僕は一人で列車に乗ってパリに行く」

「マリー・フーケと同じ列車なの」

「あの子は行かないよ。お父さんとお母さんがもう一緒に暮らしていないらしいから」

「離婚したアリ・カーンとリタ・ヘイワースの娘を見なさいよ。それで休暇をとれないってことはないでしょう」

「一緒にするなって」

「そんなつもりないわよ」

『どうして一緒にしてはいけないんだ』この瞬間、我を忘れたフーケは、娘を落胆させている原因のすべてが自分にあると感じていた。カナダ人兵士の両親でさえ、万聖節をティグルヴィルで一人で迎えさせたくないと息子を連れて帰ったではないか。ロジェに頼んでジゼルに金を送り、さらにパリから手紙を投函してもらおう。その手紙には、マリーを土曜日の列車に乗せるように書こう。煤《すす》で涙が出るようなことのない素敵な列車だ。費用は自分がもつから、二人からの贈り物とするように説明するつもりだった。もちろん、彼はしばらく仕事で忙しいとか、遠くに行っていることにする。ジゼルはこういう強引なやり方を快く思わず、単なる気紛れと取るだろう。しかし、このつかみどころのない父親がわずかでも歩み寄りの姿勢を見せたことを無下にも断れず、承知するはずだ。

フーケは窓の鍵を閉めると、テーブルの前に座り一枚の便箋を取り出した。とっくに取りかかってもいいはずのことだった。しかし、自分がおかしな状況にいることを意識すればするほど、マリーは現実ではなく、架空の世界にいてその姿を現わさなかった。彼はそんな状態から抜け出せなくなっていた。不格好で流行遅れのセーターを着た娘が浜辺に駆け出すのを見ても、それは海に向かって走るフーケ自身の姿だった。マリーが運命に翻弄されているのを知っても、フーケは彼女にではなく自分に心を痛めていた。男親の気持ちというのは、新しいセーターのひとつもプレゼントしてやるような思いやりであり、子供の願いをかなえてやり、その秘密を知りながらも程よく距離を置くようなものだ。それは、見返りを期待するものではないし、自分に似せて子供を創り上げることでもない。フーケの中で、そんな気持ちがヴァイオリンの弦のようになって共鳴していた。

『可愛い娘へ。この手紙はティグルヴィルへ行く友だちに頼んで届けてもらうつもりだ。彼もおまえに会って、いい知らせを伝える暇はないと思う。お父さんとお母さんは次の土曜日におまえをパリに呼んで、休暇をすごさせようと思っている。お母さんにそうしたいと書いてやりなさい。そうすればもう安心だ。お母さんもきっと喜ぶだろう。家でまる三晩泊まるだけとはいえ、なかなかの旅行になると思うよ。同じように列車で帰る友だちもいるだろうから、校長先生にみんなと一緒に行けるように頼んでおこう。まだ大喜びするのは早い。この素敵な計画のことはひとまず置いて、一緒に送った小包を開けてみなさい。お父さんはおまえの心のこもった手紙を受け取ったけれど、タバコを送るわけにはいかない。万聖節の間は控えなさい。いずれにせよ、タバコを吸う女の子は結婚できないよ。そういう子は音楽の先生ぐらいにしかなれない。よく遊び、よく勉強しなさい。おまえのことをほんとうに愛しく思っています。おまえのパパ、ガブリエルより』

フーケは、ホテルの人間に呼び止められないように気を配りながら外へ出た。両親の車の中ではしゃいでいるフランソワとモニークの注意を引いてしまうのを恐れたからだ。街は人の気配がなく、開いている店が見つからないのではないかと心配した。〈カルヴァドス婦人服店〉の鍵のかかった格子窓の中で、少女のマネキンが凍りついて放心したような微笑を投げかけていた。着せられたウールのジャケットはマリーに似合うだろうと思ったが、この服をどうやって同じとられの娘に渡したらいいのか見当もつかなかった。格子を透して見える他の服は、素人目にも色彩が豊かとはいえず、貧相なものだった。教会のほうへ行ってみるしかなかった。そこには、一日中うとうとしていながら、夜はまんじりともしない老人のような年中無休の雑貨屋が、日曜日も細々と営業していた。灰色の仕事着を着た髭面の男が、肌着や化粧瓶やアクセサリーであふれ返った戸口で気乗りせぬように彼を迎えた。まるで、暖炉の中で灰にした妻たちの身のまわり品を安売りする、殺人鬼のランドリュを前にしているようだった。男はフーケがブルー・ジーンズを探しているのではないとわかると機嫌を直した。

「女の子、女の子ねえ……」彼は言った。「久しく女の子のものは扱ってないからな。十三歳と言ったね、体格はいいほうかい、それとも痩せているほうかな」

「どちらかというと痩せているほうだけれど、そういうことはよくわからないんだ」

「たぶんお望みのものはあると思うよ。もちろん新品てわけにはいかんがね」

彼は暗がりの中に消えた。フーケはそこから突拍子もない古着でも出てくるものと思って早々に立ち去るつもりでいた。しばらくして、髭の男はボール紙のハンガーに掛けたセーターを棒の先にぶら下げて戻ってくると、謎の教団の旗のように客の鼻先でかざしてみせた。

「さあ、どうだい。時代ものだぜ」

フーケが見たところでは、第一次大戦後あたりのものに違いなかった。しかし、素材はすこぶる保存が良く綿毛がまだふさふさしているし、デザインも周期的に変わる流行に合っていて、驚くほど今ふうのものだった。

「博物館の展示品てとこだな」とフーケ。

「値引きするって」誤解した男が答えた。「一度も袖を通してないんだ」

「そうだといいがな」

「話せば長くなるがね。パピー・シュナイダーが自分に合わせて注文したものさ。あんたは若いから知らんだろうが、パピーてのは、そりゃ上品な妖精だったんだ、ドイツ人でね。ヴァルター・クラウトシュタイン卿が、とあるミュージックホールの舞台で見て惚れ込んじまって、ニースからドーヴィルへと、胴元から金をかっ攫《さら》えるところは手当たり次第に連れ歩いたんだ。ティグルヴィルには大邸宅を買ってやってね。壊されてなけりゃ見られたんだが……いやなに、こういうことさ、今はそこにミニ・ゴルフ場ができてるもんだから。でたらめなんかじゃないよ……社交欄はパピー一色だったんだ。いいかい、妖精だよ、当然話題になるってものだ。ところが、ある日ヴァルター卿は負けはじめて、借金を帳消しにするために一切合財《いっさいがっさい》を売らなければならなくなった。当然パピーも一緒に放り出したってわけだ。それでも彼女はこのセーターを届けてくれとは言わなかったのさ。当時の一流デザイナーに任せたんだ。ノーグ、ドーズラル、ギトノー、聞いたことないかね……今そんなものをコロやソロキーヌに注文したらとてつもない金がかかるな。まさにフランスの職人仕事の逸品だね」

「いずれにしても」フーケは言った。「その人物が着なかったから買うことができるわけだ……それで頼みがあるんだが、このチョコレートと手紙を一緒の包みにしてディヨン寄宿学校へ配達して欲しいんだ」

「いいですよ。明日の朝にでも誰かに届けさせましょう。ご覧のとおり店を空けられないんでね」

「それなんだけど。寄宿学校で日曜日をすごすような女の子だから、できれば夕方までに贈り物を渡してやりたいんだ」

「そりゃ残念だね、ディヨンの生徒は出かけたよ。ソランジュ先生とバスに乗るのを見たんだ。王室の手芸品のバイユーのタピスリーを見にいったのさ。夜まで戻らないよ」

「それじゃ、たっぷり時間もあるし、自分で行くことにするよ」

そういう遠足があるのは知っていた。両親が会いにこられない寄宿生のための気晴らしだが、子供たちにとっては、なおさら見捨てられたことを意識させられるだけで、由緒ある建物も万聖節の祭りを思い出させる巨大な黒い石としか映らない。この楽しいはずの遠足も、マリーにとっては、心配の種になっている二人から引き離されることになり一層辛いことだった。彼は妖精のセーターをしっかりと小脇に抱え、ムエット海岸への道を歩きだした。


はじめの予定では小包を誰かに渡し、さっさと帰ってくるつもりだった。この時間、豪壮な建物は広大な敷地の中にひっそりとたたずみ、まるで刈り取ったあとの牧草地に建つ、白い柵を巡らした種馬飼育場のようだった。その前に立ったとき、彼はマリーが育った環境をもっとよく見たいという気持ちを抑えきれなくなった。来訪者や休憩時間を知らせる鐘を鳴らすと、いかめしい庇屋根がある正面玄関に看護婦のような赤ら顔の女性が現われた。フーケは彼女に自分の来意を告げた。

「よくおいでくださいました」この人のよさそうな女性はブルゴーニュ訛りまるだしで言った。「マリーちゃんは忘れられてしまったのかと思っていましたわ。他の生徒さんたちはほとんどこの地方の出ですから、連絡も取りやすいのです」

「それで僕も慰めてやりたいと思ってきたんですが、留守なら一目でもどんな所で生活しているのかのぞかせてもらえませんか。両親に話してやりたいんですよ、おおまかな印象を。いえ、もう十分感じはいいと思っていますがね」

「それはかまいませんが、ただ私はこの学校の者というわけではないんですよ。創立者のディヨン女史をお世話しているだけなので。もちろん子供たちはとても好きですわ……ほんとうは、ヴィクトリア・ディヨン様に会っていただければいいんでしょうが……子供たちはそこらじゅうを澄んだ空気で満たしてくれます。さもなければ、私なんか気が変になりそうで」

「何か気になる言い方ですね」

「いえ、何でもありませんわ。ここではみんなうまくいっています。食事は申し分ないし、気候も穏やかで、こんな快適なところはありません……ただ、私は……あなたが鐘を鳴らしたとき私が何をしていたか見当がつきませんでしょう……女史のお昼寝の時間を利用して英語の勉強をしていたんですよ。私はもうじき六十になるんですよ、あなた。私は重い睾丸炎に冒されたアンベ岬の英雄、マルヴィエ将軍を十年間もお世話しました。故郷のコート・ドール県の上院議員で市長も務めた人の最期をみとったのも私です。大女優マグダ・コロンビーニが舞台に復帰できたのは、私が懸命に看護したからだと自負しています……それでもね、そんな私でもヴィクトリア女史のおそばにいるときほど献身的にお仕えしたことはありませんわ。私がほんのちょっと落ち着けるのは、あの方がトミネさんの店にいるときだけです。あの方は毎月二万二千フランもお菓子に使っています。送られてきた四半期の明細書を見たことがあるんです。何を言っているんだかわからない言葉を聞かないで済むとしたら、それほど高い出費じゃないでしょう。意味を取り違えてしまうのではないかといつもびくびくしているんです。文法でいう破格語法のようなものですわ……そして一番悲しいのはあの方が悪い人ではないことです。とても衰えて、すっかりお優しくなってしまって、昔のお知り合いも今ではもうあの方とはわからないほどで。ただ……」

彼女は話をしながらフーケに三学級すべての教室をひととおり見せてまわった。それぞれが十二名ずつのクラスだった。マリーは〈中級クラス〉に入っている。大きなテーブル一つを囲んで勉強する教室はビリヤード室のようだった。六人の共同部屋からは、ちょうど樹木の葉むらを望めた。マリーがこの部屋の班長で整理整頓係だと知り、隠れていた生活の一端が垣間見えたようでうれしかった（母親にこのことを話してやればいい）。ベッドの上に小包を置こうとすると、あのブルゴーニュ訛りの女性がいけませんというしぐさをしてみせた。外部から来るものと出ていくものはすべて、まず校長が目を通す。良心的な検査で、寄宿学校をガラス張りにするというだけで形式的なものということだった。このとき、建物の反対の棟から高い声がかすかに聞こえだした。「ジョルジェット……ドウシタノ。ヒトリニシテハイヤヨ。ナニカアッタノ……」「……ただね、言ったでしょう」再びブルゴーニュ訛り。「いつもこの調子なんです。とにかく行ってやらなきゃ……ちょっと失礼します」

フーケはこの間を利用して手紙のタバコについて書いた部分を直してから、マリーの机のほうに近づいた。ロッカーも引出しもカバンも鍵がかかっている。とくに私物らしきものはなく、〝ここで娘が生活しているのか〟と思わず口にしたり、すこしでも長居したいと感じるようなことはなかった。六つ並んだ小さいベッドから発する気配はとても繊細で、墓の前で霊を呼び出すような努力を要した。その霊は四角にきちんと畳まれた衣類の下に隠れてはいるが、確かにそこにいた。

肩に手が触れた。「おいでください。お目にかかりたいそうです」さっきの女性が戻ってきていて、廊下に出るとつけ加えた。「気をつけてください、フランス語はわかりますから」

その老女は、まさに残酷なほどに老いていた。彼女はあらゆる過去をかき消してしまっていた。若い頃は馬術の障害飛越競技に出るような女丈夫だったらしいが、フーケにはそんな面影を想像することはできなかった。その顔は百歳のインディアン女性のようで、ひからびたいかつい手でチェックの毛布をケープ代わりに握り締めている。車椅子につけられた小テーブルの上にあるのは、がらくたのような小瓶や薬、キャンディーの袋、十字架、カード一揃い、その他諸々の緊急用品。そんなものを見ると、ベルを鳴らしたり叫び立てたりするのはヴィクトリア・ディヨンが人手を必要としているのではなく、自分の筏《いかだ》の上で頑固に漂流しているにすぎないことがわかる。

「アマイモノデモイカガ」フーケにキャラメルを差し出した。「アナタガ、メアリー・フォーケットノオトウサンデスカ」

ブルゴーニュの女性が彼を見やって、理解できるかという顔をした。

「いいえ、お嬢様」フランス語で割って入る。「申しましたように、こちらはご家族のお友だちの方です」

老女はそそくさとキャラメルをしまい込んだ。

「マドカラソトヲミテイルト、ケサ、キョウカイカラ、アナタガデテクルノガミエマシタ。ソレニ、ココスウジツハ、アチラコチラデ」

「ミサが終わって出てくるのを見たそうです。それからここ数日、あちらこちらにいるのを窓から見たそうです」

「人違いでしょう」

「チョクセツ、ワタシニハナシテクダサイ」

「直接お嬢様にお話しになってくださいとのことです」とブルゴーニュ女性。

「僕はマリーの両親から頼まれてこの小包を届けにきたんです。さあ、この手紙を読めばそのことが書いてあるはずですから」

ヴィクトリア・ディヨンは横柄に封筒に手を伸ばすと、まったく無関心な素振りでゆっくり封を開け、それから突然すべてを投げだした。

「ジョルジェット。ヤッキョクイカナケレバ、イマスグ……」

「すぐに薬局に行かなければいけない、と言っています」

「薬局?」フーケが尋ねた。「気分が悪いのかな」

「いいえ」付添婦が言った。「目がとてもお悪いので、文字がほとんど読めないのです。薬局の人に手紙を読んでもらいにいくんですわ。お医者さまとは、それはもう、うまくいっていますのよ」

「この手紙は急ぐわけじゃありません」とフーケ。「それにマリー宛てだし、薬剤師の手間をかけるほどのこともないですよ」

それからは、フーケが何度も二の句が継げなくなるような奇妙奇天烈な会話が続いた。付添婦が通訳する答えは見当違いで、壁に投げたボールがあらぬ方向に跳ね返ってくるばかりという気がした。結局わかったのは、離婚は不幸な出来事だということと、この夏の天気はまずまずだったということだった。傷心のフーケは早々に会話を切り上げた。

「お話したとおりでしょう」見送りながら付添婦が言った。

「しかし、いったい彼女はイギリス人か何かなのかい」

「とんでもない。祖母のアムレス様の影響もあると思いますが、ただ年を取っていてわがままなんです。気がつくのが遅すぎたんですわ」

前世紀末に甘やかされて青春時代をすごしたヴィクトリア・ディヨンは、裕福なブルジョワの娘としてあらゆる恩恵に浴していた。英国かぶれの一家は早くから彼女をイギリスへ遊学させて、まず彼女の周囲を淑女で、次に紳士で固めていった。しかし、それは何の役にも立たなかった。若きヴィクトリアは頑なに一言の英語も話さず、彼女が発する厳しいほどの気品に魅了されたオックスフォードやケンブリッジの学生たちを次々にはねつけていた。それが子供っぽい意固地さなのか無意味なナショナリズムなのか、あるいは男を惹きつける最上の手管なのかは定かでない。ついには禁断の花園となり、久しく訪れる者もいなくなった。そしてある日から、老いが彼女の傍らに付添婦を置くことを余儀なくさせていた。ヴィクトリアは依然として付添婦に看護され、てきぱきと気がきく白いブラウスの女性と片時も離れず余生を全うしなければならなかった。今その役目を果たしているのが、信頼が置けるという評判で選ばれたブルゴーニュ出身の女性だった。

「だから、あの方が何を考えているかおわかりになりませんでしょう。英語を、まったく英語だけを話しはじめたんです。だんだんと周りの誰に対しても同じようにね。おかげで私もお世話をするために仕方なく勉強を始めたんです。結局、ちょっと聞いたくらいじゃわからないのよ、あのいまいましい念仏みたいな言葉は。何かの機会に役に立つからなんて気休めにもなりません。あれほど育ちのいい人がやるにしては悪趣味もいいところですよ、そう思いませんか」

もう悪趣味のことは忘れよう。この最後のお守り役が目を覚まさせた青春の郷愁、何度もあった機会を逃したことの後悔、そして終幕を前に営々と築き上げた謎に包まれた財産を浪費する狂おしいほどの情熱、それは他人事《ひと》ではなかった。

ディヨン寄宿学校をあとにしたものの、フーケはすぐにホテルに戻る気がしなかった。彼は高台のほうに向かって歩き続け、長く気にもしなかった、生い茂ったブナやカシの樹景を眺めていた。アムレスやマリーを見てきたこれらの木々は、永遠ということを強く感じさせる。左手はペルシニ遊歩道で、その先に市立公園があった。よく手入れされた樹林の中に、バラの花の形に刈り込まれた植え込みや細い緑の回廊を配してあった。夜には、ピンボールで弾かれた球のように恋人たちが鉢合わせする。今は陽の光が降り注ぎ、そんな無邪気な光景を想像することはできなかった。歩いている人たちはゆったりとしていて、よく散歩にくる場所らしかった。フーケはベンチに座った。見下ろす家々の屋根が陽を浴びて揺らめいていた。はるかかなたに見える水平線を越えて、自分はどこへでも行けそうな気がした。

気持ちを整理できないでいるうちに、銀ラメのサンダルが目にとまった。不意に正面に現われて、彼のほうへ向かってくる。目をそらすことができない。午前中に見た若い女の一人が水面にポッカリ浮かび上がったようにまた現われたのだ。そんな細かいところを見て彼女だとわかったことに驚いた。綺麗ではないほうの娘だった。陽気なだけで、ちっとも綺麗ではない。彼の前で急に歩調を速め、微笑むようにちらっと横目で見ながら通りすぎたとき、そう思った。それでもまだフーケは警戒を怠らない。もう一度、冷静になってみる。本能が喉を鳴らす。

村で評判の美人というのは、鯨がパイロット・フィッシュを従えるように陽気で醜い女がぴったりとくっついていて、アヴァンチュールに誘い込むものだ。こういう女は、あけっぴろげなら美人の慎み深さを、いたずらなら美人のおとなしさを、そして、大胆なら美人の冷静なところを際立たせる。このとりまきは相談相手にもなるが、言葉より動きのほうが重要だ。何よりも近くにいることに意味がある。寄りそうと同時にレーダーとなり、守ったり警戒したりしている。フーケの本能は、そんな小魚が跳びはねているとき、大物が近くにいることを知っている。

案の定、五分もしないうちに、その娘は連れを伴ってまた姿を現わした。フーケの心臓がいっそう激しく高鳴る。見事な獲物だ。これほど近づいたことはなかった。女は態度や表情に落ち着きはらった自信を見せ、友達のほうに向き直るときも、優しさなどのぞかせない一級品だ。女たちが池の周りを一周する間に、スポーツの解説のように人種や育ちについてざっと検討を加える。ベンチを動かないかぎり、フーケは自分が有利な立場にあることを知っていた。彼を求めて飛び込んでくるのは彼女たちのほうだ。女たちは彼を気にする様子など露ほども見せずにまた前を通りすぎる。物腰には何の動揺もなく、会話に不自然なところもうかがわせずに遊歩道のほうへ遠ざかっていった。フーケはわざと女たちを泳がせているが、見えなくなる前に振り返るに違いないと踏んでいる。まだしっかりと食いついていなかった。ここからは一刻の猶予も許されない。単純にあとを追いまわすようなまねはだめだ。偶然を装って、ずっと遠くからまわり込むのだ。十分頭に入っているティグルヴィルの地図からすると、グレヌティエール通りとバン通りの交差点あたりがいいだろう。フーケは興奮して二人の娘たちのあとをつけはじめたが、うれしくもあり悲しくもあった。父親という自分の立場を考えると、手放しで喜べないものがあったからだ。

待ち伏せの場所に着くとすぐ、銀ラメサンダルの女が坂を下りてくるのが見えた。彼は郵便ポストの前に立つと、収集時間を気にするふりをした。念のため手にしたオネールの手紙は、うってつけの小道具だった。策略に自信はあるが、眉毛ひとつの動きにも注意して心の内を明かさないようにしなければならない。パリのような都会ではもともと変化が激しく、思わぬ出来事が起こる。だから、好きな場所を選んだり、また、あらかじめ作戦を決めておいたりすることはできずに、結局は話しかけてしまうことになる。しかしここでは、頃合いを見計らって姿を現わせばいいし、どんな場所を選ぶかはなかなか重要だ。待ち伏せは、それを仕掛ける側にも落ちる側にも、場所を決めて会う以上に深い意味がある。

こんどばかりはじっと見つめる視線を背中に感じた。娘たちはもう数メートル先まで来ていて、自分たちをつけまわす男を見失いはしないかと交差点でぐずぐずしている。フーケは思いのまま勝手な方向へ歩き出すふりをしてもいいのだが、今のところは相手の意志を尊重する。ゆくゆくは自分のほうが追われるように仕向けるのが、このさまよう恋の駆け引きだ。女たちは安心したようにフィデュシエール通りに入った。カジノのところでアリスティド・シャニ大通りに合流するはずだ。

女たちはすこし防波堤沿いを歩いてから、靴を脱いで浜辺に降りると、腕を組んで波打ち際を歩きだした。標的は目の前に差し出された格好だが、二人きりになったことで逆に不意打ちを仕掛けにくい——正々堂々の勝負というわけか。地元の野暮な男なら安易に同じ真似をしてしまう。女たちが引き返してきてすれ違うようなことになったら、自分は果てしなく歩き続けるか、正体を現わすしかないことには頭もまわらないだろう。フーケはこんな殺風景なところで危険を冒し、砂だらけの中で娘たちと向き合うようなまねをするつもりはない。彼は動くのをやめ、持久戦術をとることにして、カジノの入り口で営業している〝レヨン・ヴェール〟という小さなバーのテラス席に陣取った。そして、あたかもこの遠出の目的がグラス片手に沖合を眺めることだったたかのような顔を決め込んだ。ここまでは完璧だった。気のあるような素振りをいっさい見せることもなく、打つべき手は打っていた。ただ偶然を匙《さじ》加減しただけだ。考えられる手段を尽くして、あとでよくよく考えてみなければその真意がわからない、そんな微妙な身のこなしや手管に、自分は何と長《た》けているのだろう。ここからは浜辺を見渡せる。女たちがあたりに気を配り、不安そうな様子さえ見せて戻ってくるのを目にすることができるはずだ。少なくとも勝手にそう信じていた。

経営者らしきバーテンは、やはり天気のことを話題にした。

「がっかりしないでくださいよ。十一月までいい週末をすごせる年もあるんです。このところの嵐で人出もぱったりですよ。商売上がったりで。わたしら万事お天気次第ですからね。女房は夏にテント村の世話をしてるんですがね。キャンピングカーの中ですごすのに飽きたイギリス人観光客たちの散財といったら、そりゃすごいもんですよ……」

フーケはウィスキーを注文した。お粗末なインテリアの浮き輪が、船の着岸用というより水難者の救助にでも使うように見えたので、そんな気分になっていた。この狩人の酒は彼を刺激する。それを一気に飲み干した。女たちがもう帰ってきていたからだ。防波堤のほうへ戻る前に行動に移らなければならない。そこまで出れば彼女たちの辿る道は三方向しかない。フーケはその一本を選び、ゲームを続けるかやめるかを女たちに決めさせることになる。よく手なずけた獲物は難なくついてくるに違いない。フーケはアムレス・ディヨン通りに入ると、速歩きながら進まず、無関心ながら何か思うところがあるような足どりを演出した。場末の魅力的なバレーダンサーをいつまでも踊らせているようなものだ。タバコ屋の前で一息入れて、女たちが餌に食いついているか確かめる。しっかり食いついていた。あとは気ままに七月二十五日広場まで戻りながら、もはやきっちりと彼の足跡を辿るしかない獲物たちが糸の先にいる感触を楽しむだけだ。自分たちが操られていたと気づくとしても、ずっと先のことだ。

ステラの前まで来ると、フーケは思い切った行動に出てみた。女たちを引き寄せておいてから、ホテルの中へ入る。こうしておけば、女たちは彼の居場所がわかるし、あとで気が向けばあたりをうろつくこともできるというわけだ。受付けにカンタンの姿がなかったので、自分の部屋まで一気に駆け上がるとドアを閉め、窓を開けた。これで部屋がわかる。しっかり見ていてくれただろうか。女たちは警官と楽しげに話しているが、おそらく時間稼ぎか内心の動揺を隠しているのだ。またすぐ外へ出ていこうか……が、それでどうしようというのだ……再び降りていく間に女たちは消えていた。警官が元どおり遮断機のように腕組みをしている。何事もなかったかのようだ。そう、何事もなかったのだ。あたりの様子は平穏そのものだった。フーケはまず安堵感を覚えた。飛行機が着陸してエンジンを止めたときのようだった。心臓の高鳴りはやんでいた。

『それでも得意の市街戦では勝ったんだ』夕暮れの迫る中、フーケはティグルヴィルを大股で歩きまわり、風景のひとつひとつに探るような視線を投げかけながら思った。高ぶった気持ちはなく、ただ界隈を〈掃討する〉任務を素直に遂行する一兵卒のような冷めた好奇心があった。ホテルに一人でいるより、いや、場合によっては、ドンフロンの修理工場経営者たちと夕べを共にすることになってしまうよりましだった。電球に灯がともり、仲間といられる残り少ない時間を惜しむ者たちが、小さなグループとなって歩道に吸い寄せられる。フーケはそんなグループの間をすり抜けながら、照明の織りなす色と形のいたずらに幻惑されていた。まだ開けている食料品店もあった。そういう店の中の一軒のパン屋から、あの二人の娘たちが大きなパンを小脇に抱えて出てきたのを危うく見落とすところだった。綺麗なほうでさえいくらかその輝きを失い、飾り気がなかった。見られているのを知らないときの女たちの態度が、こんなにも気取りがなく、奔放なのかと実感させられた。そして、自分が一日中意識されていたのは間違いないと思った。娘たちは市場のあたりで数人の若い男たちに声をかけられた。年齢も家庭環境も似通ったサッカーをしている若者らしいことは、思い入れたっぷりに着込んだユニフォームでわかる。こんな眠気を誘うような田舎では、流行は若者から始まる。若者はどこでも同じようなもので、世の中の変化を見せてくれる。フーケは女たちがあっさりとスポーツマンたちに合流したのを見て、不愉快になった。

迂闊にも思わずあとをつけてしまったので、避ける素振りを見せることもできず、彼らのすぐそばを通りすぎる羽目になった。これまで合わすことのなかった目が若い男たちに守られて、今フーケをしっかりと、小生意気に、意地悪く見つめていた。その場を取り繕うためには、エノーの店に逃げ込むしか手はなかった。が、そんな浅はかな考えをすぐに後悔した。いつかまた自分が大人の男であるところを見せてやるチャンスもあるだろう。臆病とか性格に問題があるとか思われたら考えものだったが、とにかく、一息入れて嫌な思いを拭い去りたかった。

店先まで来てちょっとのぞいてみると、カンタンが目にとまった。カウンター際に立って、エノーと話している。身体いっぱいでエノーを圧し、押しつぶさんばかりにカウンターの上に両手を置いて、他人《ひと》を寄せつけない雰囲気があった。二人の前にグラスはなく、雑巾が果し状のように間に打ち捨てられているだけだった。客は自分たちの話に没頭しているような顔をしながらも、小声で交わされる会話の内容を知ろうとして、この冷静さと狡猾が対立する戦いの成り行きを見守っていた。フーケはなんとなく入らないほうがいいと感じ、挟み撃ちになった格好で薄暗い路地に入り込んだ。もし女たちがまだ見ているとしたら、自分たちのいるほうを気にもしない彼の態度が、もうわざとではないと知ったに違いない。

行くあてもないまま、無意識に午後歩いた道をまた歩きはじめていた。しっかり根を張ったと信じていた街が突然馴染みのないものになり、すっぽり包み込まれていた習慣の網から抜け出ていた。ティグルヴィルにいることは規則正しい生活をするという以外何の意味も持たなかった。それは、できるだけ遠くに押しやっていたはずの小さなマリーのそばで、自分がゆっくりと回復するということだった。

フーケは教会の見えるところまでやってきた。いつもならオルガンの音が聞こえ、裏口から花を抱えた人影がそっと入っていくのを目にし、赤く染まったステンドグラスが見える場所だ。その晩は扉が閉まり、広場はひっそりとしていて、期待外れだった。あのランドリュの雑貨屋だけがまだ微かに明かりをつけていた。ドレス姿で天井から吊り下げられたマネキンに混じって、彼が怪しげな帳簿らしきものに没頭しているのが窓越しに見えた。セーターで思い出したあの妖精の名も、おそらくその中に刻まれているのだろう。フーケは顔を出すのをためらい、ムール街に入ってホテルに向かった。

カンタンは帰っていなかった。玄関ホールで会った夫人は、街で夫を見なかったかと尋ねた。フーケは曖昧な返事をした。彼自身もまだ完全に平静を取り戻していなかった。だから、好奇心もあって、うっかり用事を忘れたことを口実に、すぐさままた外に出た。エノーの店での会話がどうなったか探りを入れるつもりだった。

カンタンはもうそこにいなかった。ティグルヴィル・ボランティアーズの戦績が貼られた掲示板のあたりには和やかな雰囲気が漂っている。何も気にすることはなかった。そう強く感じたフーケは、我慢できずにドアを押し開けた。ちょっと戸惑うような驚きがエノーの顔に表われた。店の奥へ進んでいくと二人の客が軽く頭を下げて挨拶したが、フーケには見覚えがなかった。

「やあ、いらっしゃい。昨夜はさんざんだったね……調子はどうだい」

気安いものだ。いいだろう。すこし怯んだものの、彼は考えていた。しばらくあんなことは起こらなかったが、元気を出させてくれたことは事実だった。昨夜の〝あれ〟をとてつもなく大げさにしてしまったのはまずかったかもしれない。窓ガラスの向こうでまた恋人たちが踊りはじめるのが見えた。グラットパン通りの娘二人も、たぶんその輪の中に入っている。しかしフーケはその輪の外に出て、もっと大きな問題を真剣に考え、自分で解決しなければならないと感じていた。

「何がいい……昨夜と同じピコン・アンド・ビールか」

エノーは挑発的に笑いながら注文を促した。フーケは高ぶるのを抑えてその挑発にのった。

「同じやつだ、決まってるだろ」

「あんたまた悪酔いするぜ」エノーは瓶を開けながら陰険に言った。「それに、文句を言われるのはこっちだからな」

やっかいなことに、フーケは自分が気安くすべきかどうか迷っていた。

「カンタンがやってきたよ」エノーはこともなげに言った。「あんたはまだ賭けに勝ってないようだな……」

「賭け？」

「やつと一杯やってみせると誓ったじゃないか。あんたはこう言ったのさ。『ああいう類いの偏屈者は一目見りゃわかる。まずジン・マティーニで火をつけてやろう。それから、オレンジ・キュラソーで適当に五、六回も軽くかわしておいて、すぐさま、カルヴァドスで止《とど》めを刺す……』だろ」

「そうだ、俺も聞いた……」客の一人が言った。

確かにその男は昨夜、ギザギザの味噌っ歯を見せてにやけながらここにいた。太ったシモーヌもいた。闘牛士のドミンギンに、次の試合はあなたに捧げると宣言されたアメリカの女富豪のように、濡れた目をきょろきょろさせていた。

「屈強なやつでも手を焼いてきたんだ」グラットパン通りで午前中に見かけた芝刈り機の男が念を押した。あの娘たちの父親かもしれない。

フーケはみんなが興奮しはじめ、悪意が熱を帯びてくるのを感じた。みんなは暴れ牛を退治するヘラクレスの八番目の苦行を、よそ者のマタドール演じる田舎の闘牛を見物しようと待っていた。テセウス対ミノタウルスの格闘だ。この腐りかけた町には気晴らしがない。『僕は卑劣な男だ』とフーケは思った。しかし、無謀な賭けをはねつけもせず、何か自分のひねくれた行為がカンタンの命運を握っているると感じるのはどうしてなのだろう。

「彼は何を言いにきたんだい」

「あんたが苦しんでたとさ」

「冗談じゃない」

「まあまあ……あんたに対して責任があるんだとさ……驚くじゃないか、他人の世話を焼くなんてやつらしくもない。どうやら仲間ができたってわけだな」

『余計なお世話だ』フーケは不満だった。『僕は三十五の大人だ。何をしようと勝手だ』カンタンは他の者と同じ間違いを犯していた。フーケをただの酔っ払いと見ている。そんなふうに見られてしまえばお終《しま》いで、最後の砦は落ちる。クレールは厳しい態度をとりながらも、それなりにフーケという人間がわかっていて、援助や保証や市民権といえるようなものを与えてくれていた。彼女がしなければならないことがあったとすれば、そんな妥協をしないことだった。カンタンの詮索を受けたことで、フーケはまた自分が欺瞞だらけの人間になっていくのを感じていた。

「同じのをもう一杯頼む」

「気をつけなよ。お迎えが来たぜ」エノーがからかった。

くるりと振り返ったフーケの目に、水槽のガラスに鼻面をぶつけた鈍重な亡霊のようなカンタンの顔がゆっくりと漂っていくのが見えた。

「入ってくる度胸はないのさ」彼はつまらなそうに、むしろ残念そうな口振りで言った。

というのも、フーケはこのおせっかいな男の目に哀願するような苦悩を読み取っていたからだ。それは妬《ねた》みではなく、いつか岩陰からマリーの目の中に見た苦悩によく似ていた。フランソワとモニークがトーチカの中でタバコを吸っているのを察して、仲間外れにされていると感じたときの目だ。そんな鏡に映したような控え目な嫉妬はフーケを動揺させた。

「仲間に入りたいだけなんじゃないのかな」彼は言った。

「そんなことで済むならとうにけりがついているさ」とエノー。「あの男はな、傲慢なんだ。社会から隠遁しちまった。あばよだ。酒場に来ないやつがいるのはわかる。というか、まあ、認めようじゃないか。他人に関心がなく、助け合おうともしない人間さ。それはむしろ哀れむべきだ。だが、人の好意を無にするやつ、これは勘弁できねえな……さあ、すこしゆっくりしていきな。仲間のトゥレットが狩りで獲って来た鳥をみんなでご相伴《しょうばん》にあずかろうじゃないか。獲ったその日に焼くんだ」

このトゥレットというのはなかなか豪快な大柄の男で、立派な口髭を蓄え、磁器のように色白の顔をしていた。フーケは誘われるままにしたが、カンタンが生活の楽しみを遠ざけるのは間違っていると考えていた。何に不満があるというのだ。仲間に入れと盛んに誘われるのを意固地に拒んでいるだけだ。食欲はなかったのに、フーケはほとんど手づかみでおおいに食べ、それ以上に飲んだ。豪華な食事を前に気分が晴れていた。

ところが、かなり経ってから、ふとためらいが起こった。信じられないかもしれないが、カンタンが心配しているに違いないという何か漠然としたうしろめたさが広がった。気持ちがすっきりしないまま席を立ったが、ホテルへ帰る途中ずっと、自分はまたティグルヴィルの名誉市民らしきものになったと繰り返し言い聞かせていた。

ホテルの一階では狭い受付けの一角にまだ明かりがついていた。庭を横切るとき、窓越しにカンタンが大部の本をのぞき込んでいる姿が見えた。ずっと昔にジゼルが、すこし前まではクレールがそうしていたように……彼にはその姿を見るのが堪えられなかった。また説明しなければならないのか。

ドアをうしろ手に閉めると、カンタンが立ち上がり、待っていたとばかりにわざとらしく帳簿を閉じて言った。

「年代もののコニャックがあるんだ。一杯受けてくれるかね」

第四章

マドリッドの項で闘牛を解説したページの端が折られている。十七巻ある事典の一冊に没頭していたカンタンは疲れを覚え、ぼんやりと外を眺めた。若い行商人がサン・ヴァンドリーユ大修道院の修道士たちが作った品物を並べていた。勲章をつけ、バスクベレーを被った姿は往時の戦士というところだ。しかし、アメリカ式に見本品を山積みにした車の周囲を子供じみたはしゃぎようでまわる様子は、〝公報〟の任務を喜んでいるようだった。こういう行商人たちの一団もかつてとは様変わりしてきている。昔は旅芸人よろしく季節ごとに大挙して列車から降り立ち、ホテルを前線基地としてその地域を根こそぎ略奪するまで居座ったものだ。夜になってそれぞれが行った先々のおもしろい話を披露すれば、同じ経験をした者がいたりする。それはフランスを舞台にした陽気なカドリーユの踊りを見物するようだった。彼らのおしゃべりは世の中の情報を知り尽くした老練な新聞記者を思わせ、日々の楽しみのすべてが夜にあった。ときには一部屋に四人が集まって寝ることもあった。つや出しワックス商に文房具屋、農業機械のセールスマンに腕時計売り、みんなもっと夜が更けるまで互いの思い出を吸収したいのだ。カンタンは密かに彼らを羨ましく思い、料金に手心を加えたりしていた。しかし、車が多くなってからそういうホテルの賑わいはなくなっていた。若い世代の者たちは風のようにやってきて、集まって騒ぐでもなく思い思いの方向に去っていく。週末にはほとんどが自分の家に帰ることができるので、〝行商人の部屋〟は空になることが多かった。彼らはただ、決まった日にやってきて、また去っていくのを何度となく繰り返すだけだ。それはまるで、夢見ることを忘れたからくり時計の人形のようだった。サン・ヴァンドリーユの男は月の最後の水曜日にやってくる。

シュザンヌは美容室に行かなければならないと言っていた。カーラーを巻きつけたミネルヴァのようになるために。もうすこしして暗くなったら、恥ずかしそうに片手で頭を押さえ、もう一方の手を口に当てて、壁に身を寄せて歩きながら戻ってくるだろう。配膳室と寝具の収納室の間で暇そうにしているメイドたちは、カンタンが目を向けるたびに微笑んでいた。フーケは女たちにエプロンを着けさせてもらい、上を下への大騒ぎで料理の真っ最中だった。行商人の車が霧雨の中に消えると、カンタンは丸窓のある両開きのドアのほうへゆっくりと向かった。そこからは、かまどと調理台が見渡せる。

フーケは包丁の傷とソースやジュースの汚点《しみ》だらけの大きな木製テーブルを前に、オリーブの種抜きに励んでいた。周りには大小いくつもの皿の上に様々な食料品が載っていて、材料ごとに小分けされている。子牛のロール巻き《ポピエット》は調理の手順も大切だが、バターの良し悪しが欠かせないといって、自分で買い物もしていた。初めふくれ面をしていた料理人のジャンヌも、今はこの贅沢な料理に興味津々で、子牛の薄切り肉にフォアグラ・ムースが塗られるのを注意深く見守っていた。

『見栄えだけ立派にしたロール巻きはとうしろうの仕事だ』カンタンは思った。『この男はごたごたと飾りたてすぎる、というより、わしに言わせればほんとうは自信がないんだ。バイヨンヌ産の高級肉を二重にしたりしてもだめだ。巻いて紐掛けするのに苦労するぞ……トリュフなど無駄で、せっかくの貴重なものを焦がしちまうのが落ちだ。気持ちはわかるが見当違いだ……四つ切りオレンジを添えるのは一見奇抜だが、食欲をそそろうというわけか……しかし何より自分の仕事に熱中しているのは見どころがある。動きはなめらかだし、細かい気配りもある。基本の作業もその場しのぎじゃなくなかなかのものだ……』

このとき、フーケは酢水に漬けたマッシュルームを薄切りにしていた。

「ほう」カンタンは聞こえよがしに言った。「ちょっと鍛え直して、その単純な香辛料の使い方をなんとかしたら、ソース作り専門のコックぐらいにはなれるぞ。そのうち暇があったら、蒸し煮でも作ってもらうか」

厨房に入ってすべての明かりをつけると、銅製の鍋が並んだ一角が光を反射した。

「目を悪くするぞ」と彼は声をかけた。

フーケはちょっと片手を上げて陽気に迎えると、さらにまめまめしく動きはじめた。

「子牛のロール巻きというのは濃淡の芸術でね」フーケは答える。「外は色濃く、内は真珠のように。僕の仕事場をこんなに明るくして、微妙な感覚と優雅なとり合わせの妙を損なうようなまねはしないでくださいよ……この間話したように、オリーブの実から始めるわけです、黒と青を交互に並べてね。ハムとフォアグラムースを塗った薄切り肉でそれを巻き込む。それから細かい豚の背脂と玉葱にバターを加え、表面を強火で焼きます。さらにとろ火で焼いてから、マッシュルームの薄切りとトリュフと残りのオリーブを加え……」

「四つ切りオレンジはどうかね」とカンタンが聞いた。

「さあ、そこが悩みの種なんですが。オレンジを用意したのはあんたのことを考えてなんですよ、中国ふうにしようかとね。焼汁をのばすときに答えが出るという気がするんです。ところで、この間の晩に飲ませてもらった上等なコニャックをソース用に一杯いただけませんか」

「あれは」カンタンの顔が曇った。「妻が戻るまで待たねばならん。聖域の鍵はあいつが持っているんだ」

彼は心ならずも厨房をあとにした。出来ることなら、二人で示し合わせた初物の料理が準備されるのをもっとじっくり見ていたかったし、男が女の仕事の領分を侵そうとするときの恋愛にも似た甘い香りに浸っていたかった。この点については、洗濯と縫い物を教えてくれた海軍生活でわかりすぎるほどわかっていた。昔は自分のなかにいくらか男色の気があるのではないかと思ったほどだ。酒を浴びるほど飲んだせいでその答えは見つからないままだった。しかし、ティグルヴィルでつきあっていた仲間内では築けなかった集団生活の資質があるのは確かだった。ここへ来てからのフーケは新兵のように振る舞い、カンタンはそれを気遣う古参兵の役まわりだった。といっても彼は新兵の自由を十分に尊重していた。

『それにしても、日曜日にはまるで恋人同士のようなまねをしてしまった』受付けの机に戻りながらカンタンは考えていた。『エノーの店に足を運んだことは、まあ仕方がない。あの卑怯者たちは躍起になってわしを攻撃している。音をあげるのを今か今かと期待している。わしを腰抜けだと思っているんだ。あいつらにはわからないし、これからもわかることはないだろう。それも当然だし、文句は言えない。たまにはちょっと街へ出て、わしがまだしっかりしていて、節度もあるというところを見せてやるのもいいじゃないか。やつらはそれを、街頭でいい客を取り合う売女《ばいた》の喧嘩を見るように、商売に絡んだ妬みと片づけるのだろう。〈あたいの〝金づる〟を横取りしないでよね〉というやつだ。だが、そこには、何とも説明できないもっと別の嫉妬があった。

フーケが地元の連中とテーブルを囲んでいるのを見て感じた、底知れぬ不安感だ。彼はわしのことなど考えていない、わしは存在していないのと同じだ、と思った。こんなに近くにいる自分がもはやあの若者の心の中に住んでいないと感じたとき、何かが起こった。彼が戻るとコニャックをすすめた。そんなことまでしたのだ、もうよそでは飲まないようにと。子供がびくびくしながらジャムをくすねるように、シュザンヌの鍵束を借りた。この年でだ。独りで飲むのはおもしろくないから、またあの男がエノーの店へ行くだろうことはわかっている。だがとにかく、彼を驚かせはした。すこしためらいを見せたのは、あの男が禁酒の誓いをするほどではないということだろう。そうしたところで、また別の酔いに溺れていくのは目に見えている。わしは賭けに出たのだ。一瞬何か話してくれると思ったが、考え直したようだった。何の気づまりもなく（そもそもどうして気づまりを感じる必要があろう）、猟師たちとの夕食について話しただけだ。だいぶ尾鰭《ひれ》がついているようだったが、話してくれるなら、そんなことはどうでもよかった……』

その晩のカンタンとフーケは互いに遠慮がちで、料理の話を交わすだけに終始していた。若者は夕餉《ゆうげ》の興奮が冷めやらず、得意だという子牛のロール巻きをぜひ作らせてくれと言い出した。カンタンは気分転換になるならそれもいいだろうと考えて、すすめられるままに受け入れていた。そして今からシュザンヌも共にしようとするその料理には、あてこすりと中途半端なおしゃべりがいっぱいに詰まっていた。

カンタンは再び事典を閉じた。フーケのスペインへの熱狂、あの晩目のあたりにした自由奔放な妄想の手掛かりは何ひとつ見当たらなかった。興味をそそられる名前があったりはしたが、カラー写真でも載っていればもっとよかったろう。闘牛は、カルメンのさんざめきを取り去ってしまうと肉屋の宣伝広告に思えた。馬鹿げたことに、牛を突く銛旗《バンデリリャ》は何とシュザンヌのカーラーを連想させた。もしこの銛《もり》が髪の毛を巻く紙で飾り立てられ、襲いかかる獣の背中に突き立ててその弱点をあばき出すとでも解説されていたら、まさに昨夜、シュザンヌは見事な銛の一突きで的確に彼をとらえていたことになる。首筋には生々しい突き傷がいまだに残っている気がした。カンタンは頭から離れないこの不愉快な記憶と激しく戦っていた。

シュザンヌはその時々の境遇に身を任せるだけで、信仰を持たない。彼女の両親は辺鄙《へんぴ》な地にひっそりと住み、教会に通うこともなく伝統的な田園地方の迷信に縛られて礼拝とは縁がなかった。そこで彼女も、世間の人が波風立てずに争いを収めるときによりどころとする、当たり前の判断の仕方を学ぶことがなかった。もちろん、緩やかに、そして遠まわりをしながらも、彼女は生活することで得た独自の掟に従って、自分自身で問題を考え、判断を下している。そこでは善と悪が暑さと寒さのように皮膚感覚で決まる。この無邪気さは何もうやむやにすることがない。彼女が近づいてきたとき、カンタンはワイン貯蔵庫の在庫リストを作っていた。かつては黒や金褐色の瓶に囲まれ、大地の血清を蓄えているような気分を感じながら、蝋燭片手に自分の足で歩いたものだった。しかし今は、葡萄の収穫期を終え、十月分の記録を小学生用のノートに控えているにすぎない。それはまるで退役した将軍が書類整理箱のカードを差し替えながら依然軍隊を指揮しているようなものだ。ベシュヴェル隊は壊滅状態。ポムロル隊は増援を要請。一九四五年のオー・ブリオン隊を再招集。まだ若くてもシャンベルタンの五七年兵を動員する必要がある……シュザンヌが激動の時代にもふみにじられることがなかった顔でのぞき込んで言った。

「アルベール、ほんとうに私に何も隠してない」

この遠まわしの攻撃が二人の足元に十年の深淵を広げさせた。

「隠しているのは、おまえの知りたいことだけだ」カンタンはいかにも鬱陶しげな視線を彼女に向けて言った。

シュザンヌははじめから過ちを犯していた。どこまでも信頼されていると思っていた夫を前に、十年にわたり頭を離れない不安と疑念を浮き出させたのだ。

「私はあなたを疑ったことなどないわ」彼女は言った。「あなたは堅実で、正直で、そして自尊心もあるのは十分わかっているから。でもなぜエノーの店へ行ったことを話してくれなかったの。もう足を踏み入れることはなかったのに、どうしてそんなことをしたの」

なんということだ。カンタンは今度は自分がずんぐりした瓶に詰められて、この蒼白い人物が純粋な良心の光に透かして見る権利をほしいままにしているような気がした。

「腹に据えかねたからだ。飲みたかったわけじゃない、心配するな」

「心配してるわけじゃないの」

「違うな。『ミサに行けば信じるようになる』と言うじゃないか。居酒屋に行けば飲むようになる……決まりきったことだ」

「フーケさんがエノーの店で飲んでいるのは知ってるわ」

「だから、そう言ったじゃないか」

「どうするの」

「ここをまた開く。バーを掃除して、やり直す……」

「本気なの。私たちにはもうそんな生活は無理なのよ……アルベール、お願い、フーケさんに影響されないでちょうだい」

「あいつはバーをまた始めてくれなどと言っちゃいない。ほかでもっと楽しんでるに違いない。わしが思い立ったわけは……」

「あなたにはわかっているはずよ。彼はここに来てから、私たちが閉めたと信じていたドアをまた開けたの。彼が悪いんじゃない。待っていたのは私たちかもしれない」

「あの小僧っ子をか」

「そう、あの子を。私もね、私も彼がうちで楽しめないのはいやだし、私たちを嫌いになって欲しくはないわ。だって、彼のほうも親しみをもってくれているのは、見ていればわかるわ。でも、私たちを遠くへ引っ張っていくようなまねはして欲しくないの。これまで十分幸せだったのだから」

「今のところわしらが引っ張り込まれたのはロール巻きを食べることさ」冷静さを取り戻してカンタンが言った。

彼はこのとき、もうフーケの気紛れな申し出を話していた。最初戸惑ったシュザンヌだったが、結局は若者の料理を別々にご馳走になるなんて考えられないということ、そして、どうせなら自分たちの小さなダイニングで一緒に食べるということで落ち着いた。シュザンヌもまた、彼女なりの賭けに出ていた。悪魔払いをするには当の悪魔をテーブルに招くしかないのだ。

「結局」カンタンは言った。「誰も何も言ってないじゃないか。おまえのとり越し苦労だ」

「夜だけなのよ。昼間はそんなことなかったの、これが初めて。夜は幸せな気持ちが一息ついて、あなたがキャンディーをなめる音が聞こえてくる。すると、どうして突然あなたがそんなふうに非の打ちどころのない人になってしまったのかと考え出して、それが私のためであって欲しいと思うの」

「キャンディーのことは放っといてくれ。出来ればやめたい、他のことと一緒さ。習慣だ」

「そう思ってるだけだわ」

「わしにはもう習慣しかない」

「それでおかしなことにならなければいいんだけど……」

言いたいことだけ言ってしまうと、彼女は十分敵をやり込めたことで満足したように軽やかな足どりになって去っていった。その自信たっぷりで揺るぎない背中を無造作にさらすのを見て、彼は一瞬嫌悪感を覚えた。

『フーケには習慣がない』カンタンは考えた。『やることなすことすべてにかりそめの魅力があって、自分だけの生き方をもっている。そういえば、ロール巻きはともかく、昔フーケと同じようにとりたてて他人より優れているところもないドージェという水夫がいた。この男は、密林の中で、作戦行動計画に従うわしらが包囲されてしまうというのに、ただ本能のおもむくままに動くだけで素晴らしい働きをした。つまらぬ習慣に流されれば、野垂れ死にするだけだ』

実際、シュザンヌの言うことはすべてが間違いではなかった。フーケは彼にとって、酒ではなくもっと自由な生活への誘惑を象徴していた。がさつな見かけの下で、カンタンは自分が常に繊細なものに魅かれているのを感じる。あのほっそりした若者が時に見せる放心の様子——断崖での彷徨、スペインへの憧憬がもたらす絹の衣裳と血の夢想、酒を飲んで見せる見事なまでの脆さ、姿を見せないことのみで存在を示す不可解さ、そういうものほど繊細さを如実に物語るものはなかった。日曜日以来、彼は思い切って、散歩に出るフーケのあとをつけていた。もちろん、感づかれないように十分距離をとっていた。岩陰に座り、浜辺の子供たちを眺めている姿を見ると、ほほえましい光景に悪い夢もおさまっているように思われた。翌日は、配管を調べるという口実でフーケの部屋に入った。私生活をのぞくつもりはなかったが、急に、ホテルの部屋が唯一彼の心休まる場所ではないかという気がしたのだ。かなり危険な行動でもあった。シュザンヌが気にしだした直後だったからだ。住人のいない部屋の中で、カンタンはいつの間にか探索の目を走らせていた。櫛やブラシ、枕のへこみ、壁の落書き、そして何の変哲もない洗面用具入れにまで、フーケがこの部屋に刻み込んでいるはずの冒険と情熱の痕跡を探し求めた。こんなことをすれば、どうしたって敗北感を味わうことになり、あのよくある疑心暗鬼に突き落とされる。助かりたいがために相手の秘密よりも生きる術《すべ》を知りたいと思うようなものだ。もうすぐ、彼が十年間閉じこもってきたこのダイニングにフーケが現われる。ひとりで一喜一憂する生活がすぎ去ったことをはっきりさせてくれるかもしれない。

フーケはまだこの小部屋に入ったことはなかった。わずかに開いたドアの隙間から何度かのぞいたことはあった。そんなとき、上着を脱いだカンタンはテーブルに肘をのせ、シュザンヌが夫の興味を引こうと盛んにひとりでしゃべり続けるのを我慢強く聞いていた。入ったとたんに窓がないことに気づき、肉体的な息苦しさではない、何か夫婦生活の裏側を垣間見たような気づまりを感じた。黒檀家具の周りに広がる壁はまさしく私生活そのもので、内に入らなければわからないものだ。それでも一見したところ、この洞穴のような部屋には、住人の精神や心の奥底を物語るものはたいしてなかった。司令官は艦橋の先に設置したこの仮のキャビンに控え、機関停止まで船の運行を監視し続ける。実用一点張りで飾り気のない小部屋にあるのは、メダルやお守り、それに大きな操舵羅針盤と比べたら貧弱に見えるコンパスなど一握りの私物だけだ。しかし、心の舵取りをしているのは、この細胞のように小さな部屋だった。そこには古ぼけた中国の地図と何度も持ち歩いて折り目だらけの素人写真が貼ってある。濁った川の岸で下着姿の若者たちが野戦砲を撫でまわしている様子が写っていた。晴雨計、カレンダー、フックに突き通された請求書の束、それが装飾のすべてだった。

「さあ、ここがわしの参謀本部だ」カンタンが言った。

「よそさまをお迎えすることなどないのよ」シュザンヌが説明する。「たまに来る親類以外はね。もっとも、お迎えするなんて言っちゃ失礼ね、料理を作ったのはあなただもの」

彼女は、フーケが自分の料理から目を離さず行ったり来たりする姿にすっかり戸惑っていた。きちんとセットした髪もどこか、このしきたり破りに反旗を翻しているようだった。一方マリー＝ジョーは、この豪華な食卓の準備を終えると、若者がこの場にいることがうれしくて仕方がない様子で、調理場と参謀本部の間に風穴を開けて始まる儀式の混乱ぶりを面白がっていた。フーケはというと、大食堂のいつも自分が座るテーブルに別の客が一人でいるのを見て、退屈で味気ない食事を思い出し、何か自分が分裂したような不思議な気がした。カンタンは皿の前に静かに座り、新聞を手にして、これから始まることに期待しすぎないほうがいいと思っていた。しかし新聞から何度も視線を上げる様子を見ると、責任を一手に背負ったように緊張しているのがわかった。

「あなたの奥さんになる人は幸せね」シュザンヌが口火を切った。フーケは湯気の出ているココット鍋を折り畳んだナプキンでくるみ、主人のようにテーブルの中央に置こうとしていた。

彼は椅子に座りながら思わずカンタンの目をうかがい、相手もそうしているのに気づくと、寂しげに微笑んだ。この何回も繰り返してきた儀式の間、『気をつけて、紐が残っているから。マッシュルームはあまり入っていないけれど』そんな僕の呼び掛けにジゼルとクレールは答えた。湯気の中、記憶は蘇り、このテーブルの周りにとどまって、心地よい香りと味わいと何気ないひと言にも反応した……でもこれだけは言っておく。彼女たちは子牛のロール巻きで思い出すような女じゃない。その証拠に……

「こういうことが女性にとってそれほど大切だと思いますか。こちらの食堂に来る女性たちを見てごらんなさい。満腹になることだけが目的という様子ですからね」

「そのとおりだ」とカンタン。「ほとんどが何もわかっちゃいない。女たちは本来、火と水に関するものすべてを任せられているからこそ、かまどの前で才能を発揮するんだ。ところが食事の作法を心得ている女はめったにいない。だが、そうできる女が男の最良の伴侶としてふさわしいんだ」

「それはあなたの中国の本からの見方のようね。でも私が言いたかったのはね、フーケさん、料理に込められた気持ちを汲み取るということよ。もし夫のアルベールが私のためにたったひとりで料理を作ってくれるようなことがあったら、私は甘く囁かれたような気分になるわ」

「フーケさんはおまえのためにこれを作ったんじゃない」カンタンは言った。「わしのために作ってくれたんだ。なあ、オレンジはどこかね」

「オレンジですって」シュザンヌが驚いたように言った。「どういうこと」

「中国ふうです」とフーケ。「そう、忘れてましたよ」

フーケがロール巻きを作る晩は平穏なひとときだった。そういうとき、クレールは家のことをすべて任せてくれて、彼はゆっくりと寛ぐことができた。それから不意に友だちの来訪。そう、いつも友だちが来た。その友だちたちが輝くばかりのカップルを演出してくれた。あとで気まずくなることはあったが、その前に『僕たちより不幸な者もいるさ』と考える余裕はあった。

「確かに」カンタンがまた話し出した。「女たちはほんのすこしでも男を愛していれば、マトンのシチューの中に気持ちを感じることができる」

「じゃあ、そういう気持ちを感じたり、受けとったりできなくなったら、もう愛していないということですかね」フーケはシュザンヌのほうを向きながら尋ねた。

「それは別のことを期待しているということね」

「なるほど」フーケが高らかに言った。「女性は何だってできる。ひとつのことを除いてね。たとえば『僕たちより、つまりあなたや僕より不幸な者もいるさ……』と言ったとしましょう。男はだいたいこの言葉を理解できますが、女性にはわからない。いつも上を見ているんです。僕は落ち込んでいるときに、政治家の失脚や逃亡者の苦悩、反吐が出そうな金持ちの心配事、それからこれ以上ないほど落ちぶれたサラリーマンの絶望感などを想像するんです。簡単に言えば、自分の境遇がまだ羨むべきものであると納得させる、ただそれだけのために新聞を読むわけです。ところが女性は同じ新聞を読みながら、王女やファッションモデルや女優、月に一千万フラン受けとる離婚した女たちとしか自分を比較しない。つまり、毎日生活の中で新しいショーウィンドウをのぞくことを考えているんです。それが悪いというんじゃありません。むしろ進歩の種であって、それがなくなったら、僕らは平凡な生活で満足してしまうでしょうからね。要するに僕が言いたいのは、物事の大本を知っておけば、そこから起こる様々な問題も見えてくるということです」

「それだがね」カンタンは穏やかに言った。「君は間違っていると思うな、少なくともわしらについては。妻は明日も今日と同じようにありたいと願っているだけだ。それから、わしらが自分を納得させているなんて思っているなら、見損なったな。君だって闘牛士になりたいんじゃないのかね」

「いや、僕は闘牛士なんです」フーケが答えた。「ある瞬間……そう、束の間の……」


シュザンヌは二人の話をそれほど理解しようとしていたわけではなかった。わかったのは夫が他人の前で自分をかばってくれたことだけで、それはありがたいと感じた。確かに彼女は世界を征服できると錯覚させるような激しい変化を期待してはいない。現状維持派だった。これまで成り行きに身を任せる態度をとってきたし、今後も日々に変化のないことをひたすら願っている。カンタンが禁酒したとき、一度だけ手相で将来を占うような未知の生活に一緒に飛び込むことを選んだだけかもしれない。しかしそれも勝利に陶酔することになった。これまでシュザンヌは暮らしを満たすような成功しか収めてこなかった。努力したことといえば、自分が征服した者を勝者に、奴隷にしてきた者を主人にして、その勝利の価値をさらに高めることだけだった。自分自身の満足のためには、夫のカンタンを実物以上によく見せようとすることもいとわなかった。

シュザンヌは宿した赤ん坊を生めなかったため、子供が出来ないことの責任を感じていた。そして何の根拠もなく、夫が故意に眠らせている不可解な力に畏敬の念を持っていた。さらに、あの耳をつんざくような声が沈黙していること、激しい感情の爆発や傍若無人な奇行を生む諸々《もろもろ》の力が自分の前で突如、従順になったことに驚いていた。ただひとつ彼女の手に余ったのは信仰に関する部分だった。カンタンが教会で結婚することを望んだので、シュザンヌは一度だけ無頓着にその領域に足を踏み入れたことがある。そこは空想に耽っている男にふさわしい場所だったが、彼がまたその曖昧模糊とした世界に逃げ込もうとしているのかは知るすべもなかった。

「昼も夜も、三百機のアメリカの原爆搭載機が、常に目標から二時間足らずのところを飛んでいて、ゴー・サインを今か今かと待っている」このときカンタンがしゃべっていた。「世界の誰もが絶えずいつ死ぬかもしれぬという恐怖を抱いているのは間違いない。少なくとも文明国に住む人間はな。だがわしは怖いと思わん。人間いつかは死ぬんだ。まともな人間はそう思っている」

「犠牲というものが」フーケが言う。「そんな自分勝手な死に方が誠実なものと考えているなら、それは違います。そんなふうに試験をはしょって審査員の前へ押しかけるのは大きな思い上がりですよ。答案の出来を決めてかかっているんです。そもそもテーマをしっかりと論じましたか。僕はまだです。命を返す前に——そう、返すんです——僕はできるだけ時間をかけてすこしでも良くしようと手直しします。僕が言いたいのは、生き方を変えるということではなく、成熟するということです。このあいだ、死ぬ前にやりたいことをやろうと心に決めたような老婦人に会ったんですが、正直に生きていますね。僕らが楽しみを控え、ある道を行くのを思いとどまり、酒を飲まなかったこと、それでよかったかどうかなんて誰にもわからない……現世の楽しみを軽蔑してはいけません。神はそれを嫌います」

「さあ、飲んでくれ」とカンタン。「こんどは一九四五年もののワインだ。ここ四十年では最高の出来だぞ……そう、わしが禁酒した年のやつだ」

「とりあえず乾杯」とフーケ。「つき合ってはもらえないようですね。奥さんに相手をしてもらおうかな」

「一口どうだ。毒にはならんよ」カンタンが言った。

シュザンヌはためらいながらも小さなグラスにワインを満たした。彼女は傍らの二人の男がテーブルクロスに肘をつき、それぞれがわずかに身を乗り出すようにしているのを観察していた。カンタンはいつものように上着を脱いでいるが、フーケは着たままだった。この礼儀正しくて思いやりのある青年と、彼女が深く信頼している無骨な大男の間には、もはや話すことはなくなったようにみえた。そして、危険は去ったと感じはじめた。


フーケが判断するかぎりワインは上物だった。もっともワインについてはたいして知識がなかったのだが。しかし、この声も響かない穴蔵の中で飲むのはちっとも楽しくなかった。思い出したように同じ動作が繰り返された。カンタンがシュザンヌに合図すると、彼女は生温かい手を瓶に伸ばす。フーケがカンタンを見ると、彼はこれみよがしにテーブルクロスの上でグラスを伏せる。じれったそうにしていた瓶の口がうんざりして離れ、また戻ってきてフーケのグラスに飛び込む。サイバネティクスの驚異を見るようだった。

『僕が同じことをしたら、一斉に抗議の声が上がるだろう。いや、もっと悪いことになるかもしれない。僕の嫌いな、さも感心したような囁きが起こり、紳士を気どらなければならないことになる。そういうときは、さっさと切り上げるか酔っ払ってしまうかどちらかだ』フーケは退屈して享楽的な聖職者のような話しぶりになり、雰囲気をもっと盛り上げられないのをもどかしく思っていた。警戒したカンタンの想像力が一息入れたように萎《しぼ》んだのを感じたからだ。この晩餐には何か琴線に触れ、有意義なものがあるのは確かだったが、派手な趣向はなく静かなセントラル・ヒーティングの中での食事といったところだった。エノーの店ならもっと楽しめたろう。

「エノーをご存じ」シュザンヌが言った。「虫の好かない人よ。夫を苦しめようとしているの。大嫌い」

「大げさだよ」とカンタン。「わしらはもう物の見方が違うんだ。まあ、昔だって同じ見方をしていたことがあったかどうか……」

「何度もあなたに馬鹿なまねをさせたじゃない」

「いやあ、最高だったよ」カンタンは話し出した。「わしが馬鹿をやるのはそれなりの見返りがあるからだ。偉大なる冒険さ、フーケさん。羽を伸ばすってことだ」

「中国ではアヘンを吸ったんですか」フーケが聞いた。

「もちろん。何でもやってみたかったんだ。上海でも、香港でも吸った。ランプに照らされた路地を行くと痩せ衰えた男が地下室に案内してくれるんだ。みんな気軽にそこへ行った。ちょうど、祭りに出かけて、書き割りの前で写真でも撮ってもらうようにな。それから突然姿を消しちまう。静寂、孤独、それぞれが自分だけの世界に入るんだ……そしてまた出てくる、ズボンを引き上げながら淫売宿から出てくるようにな。たいしたことじゃなくて、自慰みたいなものさ、あいつはな。夢を見るってことだ……」

「夢を見るのは好きじゃなかったんですか」

「どうかな。平《ひら》の水兵だったときの夢は見たな。ゲプラット提督が耳にキスしてたよ。わしは休暇をもらって、シュザンヌのところに戻ってきた。そしたら、今度は妻がキスしてくれた……」

「ちっとも面白くないわ」シュザンヌが馬鹿にしたように言った。

「そう、夢なんてそんなもんだ」

「それで今は」

「今は、タバコを吸う夢を見ることがある。若い頃を思い出すんだ」

突然、フーケはこの生活を引っかきまわしたいという衝動に駆られた。その誘惑は彼の心を揺さぶった。賭けに勝つことや一人の男を愉快なドンチャン騒ぎに連れ戻すことなど、もうどうでもよかった。ただカンタンを堕落させたかった。結局、この一か月間障害となって行く手を阻《はば》み、フーケが理解できずにいた頑なな意志の正体は、彼が差し出す魅力をこの男が拒み続けていることだった。突然、彼は自分の中の思いもかけぬ力とその使命を意識していた。力の決着は目の前に迫っていて、避けることはできなかった。『じいさん、覚悟しな。僕はあんたをつぶしに来たんじゃない。目覚めさせてやろうというんだ。原爆を搭載した爆撃機で、ゴー・サインを待っているのさ。目標は二メートル先だ』

「夫は旅が大好きなの」シュザンヌが言った。「今はもうあまりそういう機会もなくてかわいそうだけれど。最後にパリに行ったのは三十七年の万博のときよ。同時に家を空けられないし、お互い一人じゃ出かけたくないもの。思い切って一度、二週間くらいホテルを休むのもいいかしら……あのね、夫はヨーロッパ中の列車の時刻表が頭に入っているのよ、接続も、泊まったらいいホテルも。ちょっとフーケさんに旅行の記録を見せてあげなさいよ……」

「そんなものに興味ないさ」カンタンは苛《いら》ついたように妻を見た。

彼はこの夕食の雰囲気の何かが壊れたような気がしていた。誰にも埋められない空間、各々の話が噛み合わない空間が目の前の若者を遠ざけていた。

「とんでもないですよ」フーケが言った。「見せて欲しいな」その口ぶりには明らかにからかう調子があった。

カンタンはタンスのところまで行くと紐をかけた厚い紙束をひっぱり出してきて、フーケの前に置いた。鷹揚《おうよう》な態度はうわべだけで、太い指とは似合わぬ相当な細やかさが感じられた。几帳面な字と赤や緑のインクで巧みに描いた図表で埋まるページを、手の甲を使って皺を延ばしながら広げている。

「これに異国情緒なんか期待しないでくれ」彼は言った。「正確に書き留めておかないと気が済まないだけなんだ」

「この人の性分なの」シュザンヌが自慢気に言った。「有能な役人になれるわ」

「政治に興味はなかったんですか」フーケが聞いた。

「この人解放のとき一番にティグルヴィルに入ったのよ」とシュザンヌ。

「くだらんことを言うな」カンタンが遮《さえぎ》った。

「軍隊にいたんですか」

「いいや、脱走兵というところだ。飼い葉にありつきたい一心の老いぼれロバみたいに戻ってきたんだ」

「戦争の一番おもしろいところをご存じなわけだ」

「始まりも悪くはないものさ」

「やっかいなのはその間に起こることですね」

「よくわからんが……そんな考えでわしが郡議会などに関わらないと思っているのだろう。しかしわしは中国で起こっていることのほうにずっと関心があるのさ。考えてもみてくれ、三十五年前、重慶のような人口百万近い都市で、まともな家は十軒もなく、歩道も下水もなかった。ぬかるみの中から現われた人の群れが、またそこに戻っていくんだ……だから、ティグルヴィルに公衆便所を作って管理したり、公立学校を建てたりするのに骨を折ることや、アルジェリアがどうのブランディー製造業者がどうのなんて、わしにはほとんど興味がない。そのかわり、わしも生活している以上、他のこともみんなどうでもいいと思っているわけじゃない。それは誓ってもいい……ああ、そのアントワープ行きの時刻表は見てもだめだぞ。九月十五日から変わってるから。スペインが好きなら、アンダルシアの旅行計画を披露しよう。たとえば、出発は一日の月曜日だ。七時四五分の列車に乗ればリジューで乗り換えなくていいから、サン・ラザール駅には一一時一四分に着ける。よかったら二〇番のバスに乗るといい。わしはそうやってちょっとパリ見物をするんだ」

「その時間だと渋滞に巻き込まれますよ」

「それもいいじゃないか」とカンタン。「オーステルリッツ駅一三時一〇分発まで、待ち時間が二時間あるんだ。一五〇〇フランの追加料金を払って南部方面行き急行に乗ると、二一時一〇分に国境。そのイルンの食堂で腹ごしらえして、二一時三〇分の急行か二三時五一分のタルゴ特急のどちらかを選ぶ。両方ともだいたい同じ時刻、二日の火曜日の午前八時頃マドリッドに到着する。それから車を拾ってモラ・ホテルに行くんだ。近くにアトーチャ駅があって、南へ列車が出ている……」

「冗談でしょう」フーケが言った。「僕らがいつも泊まるのはモラですよ……」

「ほう、それなら説明もいらんってわけだ。しかし君が羨ましいよ。わしは宿泊料金を知ってはいるが、実際にどんな部屋かは知らんのだから。もっとも、記憶に間違いがなければ、プラドの近くで、食事はフランス料理だったと思うが」

「いやまったくあなたの特技には恐れ入りました」フーケが冷ややかに言った。

「すまんな、君が喜ぶと思ったものだから」

『彼の言うとおりだ』カンタンは思った。『わしは他人の中へ入っていく術《すべ》を失っている。女のことを思い出させておいて、自分はというと、それで彼が悲しむのを気の毒とも思わん。町でシェリー酒が見つからなくってよかった。そんなものがあればこの男は泣き出してしまう。わしは中国のことを考えて泣くだろうか。だがとにかく、わしはいまいましい駐屯体験を鏡の中に映し出して中国を見ていた。そして、その鏡を割ってしまったんだ……』

「ただの特技じゃないのよ」シュザンヌが口を出した。「実際にそうやって旅行もするんだから。あのね、この人は今週末にブランジに出かけるの。もう行き帰りの列車も、クーリエ・ピカールをバスでまわるのも、それからホテルの部屋まで決めてあるわ、すごいでしょ。万聖節には毎年そこに行っていても、すこしでもいい旅をしようと考えてるわけ。乗り物に乗るときはクッキーを欠かさないのよね、あなた?」

「別に恥ずかしいことじゃないだろ」カンタンが弁解じみて言った。「だが、そういう秘密を何でもかんでも話すんじゃない」

急に、こうやって細々《こまごま》と準備をすることのさもしさを感じた。空しく物事の形式だけをとり繕ってすべてを覆い隠しているのだ。そんなことが秘密というなら惨めだった。

「ちょっとこだわりがあるというだけだ」

「出かけるんですか」フーケが聞いた。

カンタンはフーケが戸惑いを見せたように思えた。もっともそれは、わずかな間にしろ離れることで相手の存在を意識してしまうような心理が働いただけかもしれない。

「二日間だけさ。両親の墓参りにな」

彼は、フーケがこの巡礼のような旅に何か別の意味合いを感じていると確信した。そして曖昧だった気持ちが、信じがたいほどはっきりしたものに変わった。久しく眠っていた何とも表現しようのない心のときめきが、気持ちを高ぶらせはじめていた。喜ばせたいという欲求だった。

「フーケさん」彼は言った。「年代物のコニャックがあるんだ。よかったら味わってみるかね」

十分その意図を強調したので、扉を押し開けたような印象だった。気持ちが通じたことを示す驚いたような微笑がフーケの顔に浮かぶのを見て、彼はうれしくなった。

「自分が飲めないから、彼に飲ませようとしたのね」とシュザンヌが言った。

「いや」とカンタンが答えた。「一緒に飲んでもいいと思っていた」

自分たちの部屋だった。ホテルの客室と違うのはドアの上に部屋番号がないだけだ。しかし狭い室内にはあらゆる生活の思い出の品々が積み重なり、愛着を覚えるというよりも物としての大きさや重さのほうがずっと強く感じられた。この怪しげな宝物の山を眺めていたカンタンに浮かんだのは船荷という言葉だった。船倉は積荷で一杯になっているという陰鬱な気持ちがつきまとっていた。

シュザンヌはミシンを止め、いつまでも捨てられずに使っている古い剃刀で髭をあたる夫のほうに目を向けた。そして、朝の身支度をする夫が、ズボン吊りの下で膨れた上半身に普段どおりの活気をみなぎらせているのを見てほっとした。

「食事のとき、またすこしワインを飲みはじめたらどうかしら」彼女は言った。「昨夜あなたがうちのワインについて話すのを見ていたら、生き生きとして素敵だったわ。私のせいで、あなたが引け目を感じるのはいやなの」

カンタンは鏡の前で顔を横に向け、一瞬口を開きかけて躊躇した。彼女は何もわかっていない、フーケが現われたことで起こった問題は自分だけに関わることだときっぱり言いたかった。が、それを言うとシュザンヌを激しく落胆させるのは目に見えていた。だから、彼女がそんなことをすすめるのは思いやりからだと考えることにして、穏やかに切り出した。

「わしに望むものがあるとすれば、ワインじゃなくて酔いだ。いいか、酔っ払いはそこいらに吐き散らかしたり、何かにつけ暴力沙汰を起こすろくでなしと思っているんだろう。だがな、ほんとうの姿を誰にも見せないお忍びの王子というのもいるのさ。とんでもない完全犯罪をする殺し屋のようなもので、しくじるまでは噂にもならない。そういう人間には世間だって疑いを持たない。最高の褒め言葉をもらったり、最低の中傷を受けたりする。暗い闇とまばゆい光に包まれているんだ。綱渡り芸人が綱の上を歩いているつもりで空中に足を踏み出したようなものだ。観客の感嘆の声や恐怖の叫びが、彼らをまた綱の上に戻すこともあれば、真っ逆様に落とすこともある。そういう人間にとって酒は生活の中に別の世界を見せてくれるものだ。特にわしのようなしがない宿屋の主人にはな。束の間の晴れ間というところだ。だからといって、おまえは仲間外れにされていると思っちゃいけない。幻覚にすぎないんだ、意識的な……まあ、これがわしの素直な気持ちだ。フーケさんが現に苦しんでいて、わしがあの若者を気に入っているから酔っぱらいに肩入れしていると思うだろう。その点では確かにおまえの考えるとおりかも知れん。そうでなければ、こんな恥ずかしい話をまた蒸し返したりしない。おまえは昔、あれほどわしに苦しめられたのに、辛抱強く支えてくれたんだからな」

シュザンヌは溜息をついた。

「もうずっとこんなこと二人で話さなくなっていたわね……でもとにかく私が聞きたかったのは、あなたの留守にフーケさんが気まぐれな〝幻覚〟を起こしたら、どうしたらいいかってことなの……」

「まずそんなことはないさ」とカンタン。「したいことをする男だがな。そもそもわしはあの男がほんとうに酒を飲みたいのか疑問なんだ。笑わんでくれ……散歩している者が突然きらびやかな抜け道を目に止めたようなものだ。通りの反対側には何も興味を引くものがないから、そこに飛び込むんだ」

「確かに彼はそこら辺をうろついている風来坊とは違うわ。実は私も一目で彼を気に入ったし、彼が身近に感じられてからは守ってあげたいという気持ちがわいてきたの。それでも私にはすごく奇妙だったわ。食事の終わりに彼が今日の闘牛の話を始めて、あなたが入場券を持っているだとかそんなこと……あなた、とっても困ったような顔してたじゃない」

「あれは気にするな。何か恋人とうまくいってないらしいんだ」

カンタンはこの前の日曜日以来言い出せなかったことを細かく話し、フーケの行動を説明した。そうすればシュザンヌをいくらかでも納得させることができると思ったのだが、結局後悔する羽目になった。酒に求めるのは慰めではなく次へのステップだった。少なくとも、安月給で働いてきた哀れな世代たちにとっては……

「要するに」シュザンヌが言った。「私たちはもう彼のことはだいたいわかったということね。話からすると、彼は広告業界で働いていて、恋愛問題の悩みからちょっと離れるためにここへ来た。ね、そうでしょ……これで私もいくらか安心したわ」

カンタンはシュザンヌの祖父の肖像の下にかけたゴム帯で几帳面に剃刀を拭うと、カチッと音を立てて折り畳んだ。

「シュザンヌ」静かな口調だった。「お前は申し分ない。容姿についても、わしが望むように年を重ねている。今も妻と宿の女将《おかみ》という二役を完璧にこなしている。だがな、わしは退屈なんだ。死ぬほど退屈なんだよ……お前がフーケさんについて知ったことの何に安心しているのかわからん。だが、わしがお前の立場だったら、頭の中の思い出のように安心できることがすべて退屈だと気づいた夫がいるのを心配する。わしらの思い出はもう減ることも増えることもなく、すぐにわしら自身がその中で固まり、動かなくなってしまうんだ。わしらは人生の最後の段階に来ているのさ……そういうときに思いもかけず、唐突に、わしはもっと欲しいと思い、見つけたものをつかむ。見つけたとたんに、こっちからそれを封じ込めるようなまねをされるのはいやなんだ」

「あなたは十年間本心を隠してきたのね」

「違う。わしは自分に課した規律を守ろうと努力したことは一度もない。冷静さや正確さ、几帳面、そういうことを極端に突き詰めたのは、そんな美徳が本来わしのものではないからだ。ここ数日まで、それがわずらわしいと思うこともなかった。わしは満足さえしていたんだ」

カンタンはネクタイを結び終えると、機械的な動作でポケットに物を詰めていった。ケースに入れた身分証明書、財布、鍵束、手帳などが間違いなく身体のあちこちに分配されて、船のように彼のバラストが増えていく。シュザンヌはこんなに重装備の男が無闇に遠くまでさまよっていくことはないと言い聞かせた。どこかで使う必要があるからこそ、そういうものを持ち歩くのだ。

「すこし離れてみるのも悪くはないわね」と彼女は言った。「この旅行でまた気持ちも落ち着くわ」

「そのとおりだ。お笑い草だな。物事はあるがままに見たほうがいいだろう。別の世界、別の生活が近くに隠れているなんて、子供のときから教え込まれた信仰心で、そう思い込んでいるだけだ。酔っ払いが物思いに耽って自分を見失うと、つまらんことを考えだす……」

「私もそうは思っていたの」とシュザンヌ。

「そうさ、おまえの父親は酒も飲まず、教会へも目の前の酒場へも行かず、農場から墓場へとひとっ飛びで生活した人だからな。このホテルだって彼のお陰だと言いたいんだろう……すまん、言いすぎた。こんなこと、今よりずっと本音を言い合っていた頃だって、おまえは口に出さなかったことなのに……」

カンタンはシュザンヌの首筋に愛情のこもった手をかけると、優しくその顔を縫い物のほうに向けさせた。

「もうやめよう。大切なのはわしの留守中におまえがフーケさんに嫌な顔を見せないということだ。あのかわいそうな男は何をするわけでもない。自分だけに関わる問題から抜け出そうともがいているんだ。もっとも、自分だけの問題というのはそうないと思うがな。自分の悩みをみんなに打ち明けたり、他人の悩みを一緒に考えたりしたくなるのは、人間というものが本来そういうものだからだ。結局のところ、他人の悲しみや喜びを思いやる気持ちがわしらと動物を区別するんだ。そして念を押すが、こういういつの世も変わらぬ人の心の機微は、一杯のグラスを前にしてこそ実感できるんだ……」

シュザンヌはまた息を吹き返した熱弁に怯え、悲観的な気持ちになっていた。夫がこんなに長々としゃべり続け、冷静に打ち明けるような話しぶりで自分自身の率直な葛藤を白日のもとにさらけ出すのはかつてないことだった。

「そんなこと言っていても仕方がないわ」彼女は言った。「フーケさんに鍵を渡さなければいけないでしょ、欲しいと言われたら」

カンタンはちょっと考えてから微笑んだ。

「まったく子供の話をしてるようだなあ……まあ、それはだめだな。この鍵はわしのものだから持っていってしまった、と言えばいい」

「またふざけて鉄柵をよじ登ったら」

「そんなことはしないさ。鍵がどういうものかわかれば納得するよ」

「何を納得するっていうの」

「渡さないと言っているのがわしだということをさ」カンタンが上機嫌で言った。

シュザンヌは急に、夫が何と無邪気で自信たっぷりなのだろうと思った。

目を覚ましたフーケは、たてつづけに飲んだ酒に徐々に身体がついていかなくなったことを思い出していた。しかし、気を失うときにカンタンの大きな影がしっかりと寄り添っていたことで、珍しく後悔は感じていなかった。昨夜の出来事は、まだすこしぼんやりとしてはいるが、彼にその振る舞いを反省させたり、無闇に苛立ちを覚えさせたりするものではなかった。むしろ、今は消え去った光の中で何か生き生きとした真実に近づいた印象があって、失われた楽園を思い返すような寂しさがあった。ある光景が蘇る。カンタンの手だ。すでにおびただしい褐色の染みだらけで老木と化した手。しかしその荒々しい皮の下ではさまざまな想いが交錯しているのが感じられた。それは人生の終着に辿り着くのを早まった男の謎であり、故意に成長を放棄したことの謎だった。仲間から離れて暮らす猪のような隠遁者の人騒がせな自殺のようでもあった。

『思いを伝えるのにたいして言葉はいらない』フーケは思った。『昨夜から僕には新しい友ができたが、真剣な言葉などほとんど交わしていない。僕たちの間に築かれたものはもっと深いところで結ばれていて、態度がそれを表わし、視線がそれを輝かせる。あとは味付けのソースにすぎない。あの男は僕の父親のような存在なのかもしれない。カンタンが尊敬に値するのは確かだ。が、それは僕に新たな光のもとで見せてくれるものがあるからだ。老人の中で尊敬できるものは、経験という壮大な過去ではなく、彼らを通して否応なく死を意識し、偉大な神秘を肌で感じさせる今にも崩れそうな未来だ。そういう意味で、僕の友は敗北を認めるのがすこし早すぎるように思う……』

窓ガラスに降りかかる雨を見て、フーケは万聖節のことが気にかかりだした。娘とホテルの主人がいなくなる空虚な数日間をどうやってすごそうか。エノーの店に逃げ込む手もあるが、面倒なことになるおそれがあった。それに、昨夜から彼は、何もわかっていない昔の仲間たちが苦しめるカンタンの味方だと感じていた。自分自身でもカンタンをやっつけると公言していた手前、とても酒の上での冗談ではすまされない気がした。カンタンと一緒にピカルディーに出かけようか。墓参りの旅を物見遊山のように考えていると思われてもいい。もちろん口実には違いないが、二人で束の間の自由を満喫できれば十分だ。休暇をもらった兵士のように乱痴気騒ぎをするわけではない。街道や街角を歩きまわり、人と行き交ったりする風まかせの旅だ。それに、生まれ故郷に帰る人間というのは常に哀感をたたえるものだから。

ティグルヴィルでひと月すごしてもクレールとの思い出は褪《あ》せることはなかった。しかし彼女が去った悲しみは環境が変わったことで以前ほど感じなくなっていた。これまでの習慣がすべて消え失せるとともに、その悲しみも遠くまで拡散していた。たまに感情が高ぶることはあっても、もはや彼女を、おそらくもう戻っているはずの、パリの最も美しい魅力のひとつとしてしか考えなくなっている。スペインから手紙が来るのを期待したこともあった。が、一方では、そんな手紙はつれなく、冷ややかなものだろうと恐れてもいた。彼女の沈黙は二人の別離をすっかり悲劇に変え、最後の一言で幕が降りるのを待つだけだ。パリから離れていることが、いわば彼の誇り高き抵抗だった。

午前中にマリー＝ジョーがドアの下に滑り込ませた手紙は、ジゼルからのものだった。旧姓の署名は離婚した女たちが無邪気に装う薄っぺらな思わせぶりだ。配達夫から何人かの受取人の手を経て渡された手紙は、反り返った上に、先ほどのにわか雨で濡れ、瓶に入れて海に流したメッセージを思わせた。実際、遠くからやってきたのは確かだ。それにもかかわらず、内容はかなり差し迫っていて、すぐそばで手渡されたような気がした。ジゼルは、誰かが迎えにいかなければマリーを来させることはできない、と言ってきていた。『あの子はかなりそそっかしいところがあるので一人で旅行させることはできません。校長先生と話したら、私と同じ意見でした。団体を組む予定はありません。ただ年長の生徒が一人同じ列車に乗るだけで、学校側も責任は持てないと言っています。それに、この生徒も帰りは車です。誰が連れて戻ればいいの。正直言って、大変結構なことだとは思います。でも、あなたが早まってあの子にこの計画を伝えてしまったのは残念に思います。あの子にとっては糠喜《ぬか》びになってしまうわ。あなたはいつもそうやっていいことを思いつくのだけれど、ひとりで決めてしまうから……』

困ったり大事なことを決めかねたりするときいつもするように、フーケは鏡に向かった。鏡が写したのはとても若い男の顔だった。状況が状況だけに、この惨澹《さんたん》たる生活にあって自分を苛《さいな》んだ様々な出来事がそれほど顔に痕跡をとどめていないのに驚いた。深刻な事態を素直に受けとめると、責任という重苦しい葛藤がこの皺ひとつない顔の下に隠れてしまうこともあるのか。『そんな面《つら》で何を期待しているんだ。水爆、発展途上国、危殆《きたい》に瀕した祖国、家庭の悲劇、恋の悩み、税金、泥酔、そんなものがのっぺりした顔の上を滑り落ちていやがる。まったくどんなに痛めつけられても懲りないやつだ。地獄に引っ込んで、出直してこい。それにしてもなんて気楽な様子なんだ』フーケは絶対に動じまいとして表情を消したが、顔の造作があまりに無気力に緩むのを目にすると、その原形の貧弱さに改めて愕然とした。そしてもう一度はじめから顔を作り直すことにした。片目、さらにもう一方の目と順に蘇らせ、眉のほうに雄々しい皺を寄せてみる。小鼻を締め、優しさを滲ませる微笑や、嘲笑を浮かべたりする。そうやって最後には控え目な喜びと決意に包まれた表情を作り上げた。同時に、こんな顔の男ができることは一つしかないという確信がついに彼に生まれた。学校に連絡して、明後日、自分自身が出向いて娘を五時の列車でパリに連れていくこと、そしてマリーにはその用意をしておくことを伝えるのだ。何本かうまく電話をすれば済むことだった。

この瞬間から、フーケはその決心がどんな結果をもたらすか考えずにはいられなくなった。そそくさと身支度を整えると、郵便局に急いだ。出がけにカンタンに軽く手を上げて挨拶したが、期待したような反応は返ってこなかった。むしろ、カンタンは用心深そうな顔つきで観察している印象があって、フーケはその慎重さを、自分が新たに発散する陽気さに面食らっているのだと思った。何かがまた動きはじめようとしていた。それはフーケが自らの意志で始め、動かし、パリから来てティグルヴィルに滞在した意味をはっきりさせるものだった。また、ある種の善行ともみえるものだった。

　離れようとする街はいい顔を見せる。この朝の街並みは、特に明るくも悲し気でもなく、いつもどおりだったが、気持ちが落ち着くのを感じた。年金で暮らす年寄りたちのみすぼらしい家も人目を気にすることなく眺めることができた。雑草に埋まる大邸宅の沈黙したたたずまいも、息苦しさを感じさせることはなかった。街の中央には、彼が来てからずっと閉まったままの海水浴雑貨の店が二、三軒あった。縄跳び用の縄を売る片足の女にも、乳母車で貝殻を運ぶ小柄な老婆にも、そして、お伽話じゃない本物の砂売りの男にも、もう会うことはないだろうと思った。そういえば、この男のロバは主人がなかなか浜辺に向かわないものだからカフェまで探しにきたこともあった。

　フーケは郵便局を出ると、思い切ってグラットパン通りのほうへ足を向けた。あの二人の娘たちを、すでにパリ人のものとなった目で思う存分眺められるかもしれないと考えていた。しかし、昼のサイレンが鳴り、チーズ工場からいくつものグループになって出てくる女子工員たちの中にその姿はなかった。微《かす》かな心の痛みを感じ、彼ははっきりと悟った。自分は再びティグルヴィルに帰ることはないこと、そして、また自分が舞い戻ったもとの生活からは、もう二度と抜け出ることはないだろうということだった。もう思い返すこともないあの娘たちとの出会いは、文章の半ばで途切れた小説のように、急に何かもどかしさを感じさせた。人生の中にひとつの作品を仕上げるためには、何と多くの下書きを捨てなければならないことか。カンタンとの間に築いたばかりの友情を切り捨てなければならない。その優しく温かい安らぎに浸ることも、習慣に埋もれてしまった本来のがむしゃらな姿を知ることもないだろう。フーケは昼食をとりにホテルへ戻ったが、気持ちが沈んでいて、自分が発つことをマリー＝ジョーにさえ知らせなかった。話して反応を見るのはいいが、信じないでぷっと吹き出すに決まっていた。彼女にとって現在は、常に膨らみ続ける果実なのだ。


雨の日の木曜日、ディヨンの生徒たちは先生に引率されて九月初旬から閉鎖したカジノの隣りの遊戯場に繰り出していた。歪んだ鏡のある細長い部屋に、ゲーム機やジュークボックスが置かれている。若い恋人たちがやってきてはおしゃべりをし、流行の音楽が流れる中で大騒ぎするような場所だった。子供たちはそこで歌のレパートリーを増やし、仲間内での新しい言葉を覚える。五時頃になって、フーケはマリーの様子を見に出かけたいという誘惑を抑えきれなくなった。週末に迫った楽しみを胸に、マリーがどんなふうにしているか知りたかった。何度も出歩くのに驚いて無言の問いかけをするカンタンに、彼は仕方なく答えた。

「すぐに戻ります」

昨夜から重くのしかかるカンタンの監視する目が、気遣うような戸惑いの色を見せた。フーケにいたわる気持ちが働いた。「カジノのほうへ行ってきます」エノーの店へ行くのではないことを知らせるためにつけ加えた。

カンタンは気にもとめていないように肩をそびやかせた。しかし門を出ようとしたとき、うしろから呼び止める声が聞こえた。

「とくにあてがないなら、わしも一緒に行っていいだろ。しばらく海も見てないからな」

暇そうにしていたフーケはこの申し出をはねつけるわけにもいかなかった。カンタンが妻に断りにいっている間、彼は連れがいたのでは遊技場に入るのは無理としても、前まで行ってみることくらいはできるだろうと思っていた。それでも、父親としてゆっくりマリーのありのままの姿を見る喜びにひたれるのは、これが最後だろうと思うと残念だった。ジゼルでさえ、赤ん坊のときは別として、娘にこれほどの影響力を持ち、見返りのない細やかな愛情を注ぐというせつない気持ちを味わったことはないはずだった。しかし、同時に、ひと月の間娘を見守っていたことをみんなの前ではっきり言えたらどんなに楽になり、またそのほうが潔いのではないかと改めて考えていた。こそこそするのをやめ、自分の行動が他人の注意を引いてもいいという覚悟さえあれば済むことだった。『自分なりに出来ることはやってきたじゃないか』彼は思った。『その日その日の積み重ねが、気がつけば堂々たるものになっている。もう潮時かもしれない』

しばらくしてカンタンが戻ってきた。背広の下にゆったりしたセーターを着込んだ姿には無頓着で垢抜けないところがあった。

「女房が風邪を引かないようにと心配してね」と弁解じみて言った。「やたら心配性なんだ」

夕暮れが迫る中、彼らはシニストレ通りを歩きはじめた。黙って並んで歩いていた。カンタンはときどき地元の人間の挨拶に答える。相手はこんな時間に二人連れで街を出歩く彼に驚いていた。フーケはこの散歩に、昨夜の夕食で親しくなったというだけではない異様なものを徐々に感じはじめていた。それが何かは喉元まで出かかっていたが、いっそどこかの居酒屋に飛び込んでさっさと酔っ払い、あたりさわりのない話で済ませたかった。彼は本音で向き合う会話を恐れていた。

カンタンはアリスティド・シャニ大通りまで来ると立ち止まり、波立って何も見えない海を眺めた。

「一隻の船も見えんだろ。港もなく船も通らない。魚はウィストアムから来る。夜になればその灯台の光が見える。向こうに固まって灯がともっているところがル・アーブルだ。ここは忘れられていて、光を返すこともない。わしは君がここに何しに来たか知りたいとは思わないが、何かうまくいかないことがあるのはわかっているつもりだ。どうしてあんなに飲むのかね」

「もうその質問は聞き飽きましたよ」フーケは苦々しく言った。

「心配だから聞きたくなるんだ。自分さえよければいいというもんじゃない」

「じゃあ、あんたはどうなんだ」

カンタンはそんなふうに追及したことを悔やんでいた。他人の生き方についてはどこまでも見て見ぬふりをするほうだった。苦しまぎれに思っているのと反対のことを言ってしまっていた。この会話を始めたのもほんのすこし自分のことをしゃべるだけのつもりだったのに、はじめから不器用な気遣いをする羽目になっていた。

「わしを老いぼれだと思っているんだろう。説教するつもりはない。自分なりに自己弁護しているんだ。わしがもう飲まないのは自分に賭けているからだ。君がわしが負けるほうに賭けているのは意外だったが……君は信心深いかね」

「たぶん」フーケが言った。

「わしは自分が神を信じているかわからんが、自分を信じられないとしたら、誰を信じたらいい……」

二人はゆっくりとカジノへ続く防波堤の道に入っていた。ひっそりとした建物の正面にピンク色の口のような入口があった。

「わしはとくに他人より意志が強いわけじゃない」カンタンが再び言った。「一口も飲まないのは自分をよく知っているからだ。飲みだしたら止まらない。だが、一緒に世の中ちょっと変えてやるのもいいかと思ってるんだ。君も筋を通すほうだろ……」

フーケの目にサッカー盤のハンドルを夢中で操る娘の姿が飛び込んできた。思わずうしろにとびのいた。

「ちょっと待って」彼は言った。

マリーはまだ妖精のセーターを着ていなかった。これより前にも、フーケは岩陰にひそみながら、自分の贈り物に喜んでいる娘の顔を見ようと楽しみに待っていたが、なかなか古い服を着替える様子がないのに戸惑っていた。彼はどうして娘がそんなに平然としていられるのかわからなかった。

「あの子供たちを見にここへ来たのか、それとも娘たちのほうかな」カンタンがちょっと苛立ちを見せて聞いた。

実際、はすっぱな若い娘たちが生徒に混じっていて、ポケットに両手を突っ込んでジュークボックスに寄りかかった鈍感そうな若者に、脚を見せながら媚びを売っていた。この享楽がはびこる怪しげな環境では、引率教師も子供たちに目を行き届かせるのは大変だった。フーケは、モニークとフランソワが占いゲーム機の前で頬を寄せ合い、将来を予言する占いの結果を見ているのに気づいた。マリーは、相手にするには若すぎる男の子を前に、脇目も振らず怒ったように奮闘していた。仲違いしたことは明らかだった。

「女の子を見ているんです」フーケが答えた。「あのビリヤードみたいな台の前で、操り人形のように動きまわっている子ですよ。どう思います」

その声には私生児がいることを父親に打ち明ける若者の不安と誇りがあった。可愛い女の子がいたらと思っていたでしょう……実は、あれがそうです。

「どうも君の子のようだね」とカンタン。「なかなか可愛いじゃないか、ちょっと痩せっぽちだがな。あっちの赤い顔をした体格のいい子じゃないのかい……ま、わしは何もわからんのだがね。このくらいの年になると、ああいう子供のことはよくわからないんだ。いいか、わしは六十歳だぞ。錨《いかり》の鎖が一つ抜け落ちているようなもんだ」

すこしがっかりしたフーケは、自分の鎖はバラバラにちぎれていると思った。

「子供が好きなようだな」カンタンが続けた。「それならなおさら君のような飲み方をしてはいかん。厳しいようだが君のことを思って言うんだ。自分を痛めつけるなんて馬鹿げている。投げやりにならず自分を大切にするべきだ。ただな、一杯やるのが元気を出す特効薬になるのは確かだ」

「僕はあんたと同じさ」とフーケ。「適当なところでやめられないんだ」

「おとなしくしていてくれ」カンタンが言った。「少なくともわしが戻るまではな。やっかいを起こさないでほしい……母親代わりの妻のことも考えてくれ。いいか、わしは土曜日に出かけるからな」

結局はこれが言いたかったんだな、とフーケは思った。それならばこちらもすぐに応じる用意があった。

「僕も発つんです」彼は言った。

「冗談だろう」カンタンが眉をひそめた。

「いえ、僕も土曜日にパリへ帰ります」

カンタンは顔をそむけた。激しい動揺が走ったようだ。市場の軽やかな売り声が、彼の沈黙をいっそう重苦しく感じさせた。張りつめた雰囲気が漂う。カンタンがフーケの肩に手を置いた。

「こんな話をしたからか」不安げに尋ねた。「それとも妻が何か言ったのか……」

「まったく関係ないですよ。どうしてもそうしなければならないんで」

「切符はあるのか」

「いいえ」

「そうだな、みんながわしのようじゃあるまいし……で、帰ってくるんだろう」

「帰るですって。妙な言い方ですね……」

カンタンは、今二人が重大な局面にさしかかったことをはっきり感じた。ぼんやりした靄《もや》の中に、鮮やかで、人々の喧騒に満ちた絵のようなものが見えた。そこでは、共通の秘密を持った父親と息子がわれ先にと乾杯していた。二人のうしろでは各時代ごとにバーからカフェへ、カフェからキャバレーへ、さらにキャバレーから居酒屋へと変わる中、他の男たちがそれぞれの世代から世代へと乾杯を繰り返していた。彼はその賑やかな背景の絵に女の顔が見えないことに気づいた。

「彼女は帰ってきたのかね」カンタンは遠慮がちに聞いた。

フーケはカンタンの前で正直にクレールの話をしたことを忘れていたので、驚くと同時に質問の調子が控え目だったのをありがたく思った。

「わかりませんが、たぶん帰ってるでしょうね。でも、そのためにパリに戻るわけじゃないから」

フーケは、窓ガラスを通して、マリーがつまらなそうにゲーム機の間をさまよっているのを見ていた。たしかに、その気があればティグルヴィルに戻ってくることもまったく自由だと思えた。それに、たびたびうしろ髪を引かれる気持ちになるのも事実だった。そういう意味では、ここでの生活も長くなっていたので、いい加減な気持ちで振り返ることはできなかった。

「あんたは僕に投げやりになってはいけないと言いましたよね」彼がつけ加えた。「今の生活をしっかり築き、やり直すことがないようにするのは並大抵ではないというのが僕の答えです」

「君はまだ若いじゃないか」

「あんたは若者を知らないんだ」フーケは話しはじめた。「見てごらんなさい。僕らより頭ひとつ先を行っているでしょう。聖人なのかごろつきなのか、やたらに潔癖で、単純で、物事を白か黒かでしか見ない。気難しいとか妥協しないってことです。これで酒を飲まなかったら、最悪ですよ。情け容赦ない。仕事がなくても平然としていられるのは僕の世代が最後でしょうね」

カンタンも同じような考えだったので満足だった。フーケについて気に入っているのは、人生のどの時期にいるのかわからないように見えるところだった。親なのか子供なのか区別がつかず、そのいずれでもなかった。結局、いい仲間という以外にない……

「ご両親はご健在かね」

「父は亡くなりました」とフーケが答えた。「戦争でね、というより、二度の戦争で死んだと言ったほうがいいかな……頑張ったけれどだめだった。少なくとも、二度目の戦争はあまりにひどかったということです」

カンタンはフーケの腕をつかむと、引っ張るようにして道をあと戻りした。二人はホテルの前に来るまでほとんど一言も話さなかった。カンタンはようやくそこでフーケを放した。

「今朝は明るく元気そうだったな。出発することに決めたからか」

「心境の変化ですね。でも、考えるとむなしい気もするんですよ。パリに戻ったら、またすべてが始まる」

「うちの看板をしっかり見といてくれ」カンタンが言った。「戻ってきてくれ。シュザンヌも待っている。君が戻ったらお祝いしよう。わしも帰ってくるから。君のような仕事ならここにいてもできるはずだ。落ち着くぞ。ほかに何を望むというんだ」

「年をとってみたい」とフーケは答えた。

第六章

万聖節の土曜日、ステラ・ホテルには地元客や控え目な一般客の姿は見えず、普段とは違った雰囲気が漂っていた。朝早くから訪れる客はヨーロッパの隅々から来た戦死者の親や兄弟たちで、土地のあちらこちらにある戦没兵士の墓へと散っていく。十二年を経て、常連となっている客も多かった。最後に到着したドイツ人たちも熱心さでは引けをとらなかった。食堂では、みんながバッジや記章や勲章を見せ合いながら食事をとり、まるで休戦記念日のようだった。最後の一口を頬張ると、それぞれが自分の宿に戻り、戦死者の霊を慰める。晩には酒盛りが始まるが、ひょっとしたらそれが、この時期にカンタンが妻も納得のうえでここを離れる理由のひとつなのかもしれない。八月だけ働く臨時雇いが二人また姿を見せている。その神妙な様子は雰囲気に溶け込んでいた。

慌《あわ》ただしい雰囲気に従業員たちものぼせていて、マリー＝ジョーは顔を赤くしながらフーケが勢いよく注いだグラスを何杯も受けていた。出発することを告げても彼女はそれを冷静に受けとめていた。フーケは客たちが押し寄せてくるのを見て配膳室に逃げ込んでいた。昼すぎには荷物もまとめ終えていて、待合室でうろうろしているような気持ちだった。酒瓶が店中を勝手に飛び交うのをいいことに誰彼となく酌をしているのも、気持ちが落ち着かない証拠だった。どうにかホテルの支払いを済ませると、シュザンヌがカンタンからの伝言を伝えてくれた。いつ戻ってきても優先的に迎えること、格安料金にすること、そして、息子として遇することだった。フーケはシュザンヌにお礼のキスをした。それからエノーの店に別れの挨拶をしに出かけた。悔いを残したからではなく、むしろすこし頭を冷やすつもりだったので気分よく帰ってくることができた。

テーブルの上に座り、女の料理人にウイスキーを振る舞おうとしていると不意にカンタンが現われて、びっくりしたような目をした。

「どうしたんです。もう家族のようにしてるわけにはいかないでしょう」フーケはあたりを顎で指して言った。

「そうも見えんがな」カンタンがからかうふうでもなく答えた。「さよならを言いにきたんだ」

「先に発つんですか」

「まあな。君だってもう発ったようなものじゃないか」

「なんだ、僕は同じ列車に乗れるものと思っていたんですよ。驚かそうとしてね……残念だな、寂しくなりますね」

「ほんとか」とカンタン。「ふざけるのはやめてくれ」

「じゃあ、別れの杯を……いいでしょう」フーケが言った。

彼が悪戯っぽい目配せをして瓶を差し出すと、従業員の女たちはどっと笑い出した。カンタンは踵《きびす》を返すと、両開きのドアをバタつかせて出ていった。若者の嫌味な声は玄関ホールまで追いかけてきた。「あんたは動き出した列車に飛び乗るような男じゃないよな、えっ」カンタンは窓もない小さな自分たちのダイニングに入った。カバーをかけた旅行鞄が、テーブルクロスの真ん中にぽつんと置かれ、厳かに祭られているようだった。座って靴紐を解いた。大げさに一張羅を着込んだ旅行の身支度が窮屈だった。道路地図をポケットから放りだした。そっと自分だけで景色を確かめるために持ち歩いている地図だ。疲労を覚え、すこし気分が悪かった。ぎりぎりまで、フーケがステラを完全に見捨てることはないと期待していたのに、八号室の荷物はすべて降ろされ、寝具が開け放した窓を飾り立てていた。若者は来たときとほとんど同じようにして消えていこうとしていた。シュザンヌはフーケのスウェードの上着のボタンをかがり終えていた。

「シュザンヌ」カンタンは呼んだ。

彼女はすぐさまやってきた。受付け、帳場、食堂とこまめに動きまわって働いているのだ。こういう忙しさが彼女を生き生きとさせていた。

「あの男のことをよく注意していなさい」

「どうかしたの」

「いいから……必要なら、駅まで送ってやるんだ」

「ずいぶん特別なことね」シュザンヌが溜息をもらした。

「あの男がいなくなるからだ」カンタンはきっぱり言った。「ほかに理由なんかあるもんか」

「一週間も前のことなのに、まだ引きずっているのね。でも、どうせあんな好き勝手な人のことを心配しても始まらないのに」

「落ち着いてくれればいいんだ。立ち直ってくれればな。いいか、大げさに考えるのはよそう。他人の心をのぞくなんて所詮無理なんだ。それなのに、わしらはこうやって頭の片隅であの男の様子をうかがっている……」

シュザンヌは旅に出る前に夫を苛立たせたくなかったので、言うとおりにした。また動揺した様子を見せるのではないかと心配したものの、夫はどっしりと構えて、むしろ前より素直だった。結局何もかも終わってみれば、フーケが来たことで夫婦は近づいたのかもしれなかった。カンタンに支度するように促したそのとき、食堂のほうでただならぬことが起こっている気配を感じた。ドアを細く開けてのぞくと、客たちが食事を中断してガラス戸のほうに殺到しているのが見えた。

いの一番に気がついたらしいマリー＝ジョーが、大慌てで戻ってきて、シュザンヌと鉢合わせした。

「奥さん、旦那さん、見にきてください。フーケさんが広場に」

「それがどうしたの、べつにいいじゃない」

「大変なことをしているんですよ」

「ちぇっ」とカンタン。

　ステラの客たちはほとんどがナプキンを手にしたまま前庭に集まり、七月二十五日広場のほうを眺めていた。周りの建物の窓からも身を乗り出すようにして見る人々の姿があった。人だかりは歩道の上へ移動しはじめていた。物見高い連中の顔がおもしろがったり心配げになったりしていた。広場中央の安全地帯の近くでは、その縁石を神経質に足で蹴るようにしながらフーケが立っていた。腰を反らせて頭をうしろに引き、パリから来る道路に目を凝らしている。上着を脱いで右腕を一杯に伸ばして広げ持ち、手首を使って路面すれすれのところで不規則に動かしていた。左手は腹の前に離して置き、ありもしない胸飾りを捏《こ》ね繰りまわしている。

「もう三台かわしたぜ」とベルギー人が言った。

「かわすだって。やつは追いまわしてるんだよ……」

「どけどけ」息まいたカンタンは人込みを掻き分けてゲートに近寄った。フーケは挑発的な小股歩きで広場を一周すると、カンタンに気づいて微笑みながら一礼をした。それからポケットからハンカチを取り出し、それをホテル側の車道に投げた。そのとき、一台の車が広場に現われた。車はちょっとためらってから、スピードを上げて広場をまわりはじめた。若者は飛び出して道を遮ると、来いとばかりに挑むような姿勢をとった。汚い言葉を投げつけたようでもあった。

「フーケさん」マリー＝ジョーが叫んだ。

「黙れ」とカンタン。「もう間に合わん……」

運転手には減速する暇もなかった……と、そこにはボンネットに腹を接し、両足を揃えて静かに立つフーケがいた。突進してきた車体を優しく撫でるような素振りをしている。一瞬、上着はいきり立った車体の側面に引っかかっているのかと思われたが、もうそんなところにはなかった。フーケは服を脇に挟むと、自由になった右手で周囲の観衆の様々な呼びかけに応えた。

「オーレ」そう叫ぶと、タイヤの跡がついたハンカチを拾った。

カンタンは茫然としていた。「なんて馬鹿なやつだ」と呟く。もう新たに車が一台、クラクションを派手に鳴らしながら広場に姿を現わしていた。

「あなた」シュザンヌが彼の袖をつかんで哀願した。

フーケの頭の中には太陽とトランペットがある。相手に不足はない。脚を踏ん張り、幅広い額にヘッドライトの角を備えて、遠くから真っ直ぐ突進してくる。もうすこしで襲いかかってくる。自分を信じるんだ……一歩も退《ひ》くな……正面から立ち向かえ……『布の上に剣をかまえ、角の間に飛び込んで、確実に仕留めるために死をも辞さない……オーレ』フーケは繰り返していた。

シボレーの排気管の上で揺れるフロントグリルが、フーケの腿に小刻みな振動を伝えていた。彼は得意げにラジエターの上に片手を置き、にっこり微笑んでいるように見えた。ばかでかい車は文字通りすんでのところで止まっていた。最後の最後まで車輪で押しつぶされてしまうのではないかと思われたほどだ。両側のドアが同時に開いて、男と女が気色ばんで飛び出してきた……

「どうした」カンタンが割って入った。

群衆が車の周りに集まり、フーケは額に汗を滴《したた》らせながら、この非難の目を向ける人々を愛《いと》おし気に見渡していた。

「死んだ親兄弟をとむらいに来た人間を前に、この恥知らずめ」

「かまわんでやってくれ」カンタンが怒鳴った。「見たとおり普通じゃないんだ」

「まったくだ」と運転手。「警察だ、誰か警官を呼んできてくれ……商売柄、道路でこんなことされて黙ってられるもんか。ドンフロンに修理工場を二つ持ってるんだ。名刺がほしいなら……」

ドンフロンの修理工場という言葉を聞いて、フーケにぼんやりした記憶が蘇った。振り返ると、何といったかよく思い出せない女の子の父親がそこにいた。彼はおやおやというふうに頭を振って微笑んだ。願ってもないことだ。ぶんぶんうるさい修理工場の経営者、立派な父親を追い詰めたってわけだ。おまけに教養豊かな奥方までもだ。

「褒美の牛の耳二つ引っさげて、ヴィクトリーランものだな」彼はやっとの思いで吐き出した。

「こいつは何を言っとるんだ」モニークの父親がむっとして言った。「警官はどうした」

「どっかで道草でも食ってるんだろうよ」カンタンは気持ちよさそうに言った。

「いいか、私はあんたのとこの食堂にはよく立ち寄るんだが、これで常連客をひとり失うことになると思ってくれ」

「そんな客のひとりやふたりどうだっていいさ」

やっと警官が二人やってきた。自分たちに主導権がなく、わざと反対の証言がされる中で判断しなければならないので、いつものことだがいかにも迷惑そうだった。ガルシアとランヌという名のこの二人は、シャラントのとある村から配置転換されたばかりで、地元の情報にも疎かった。そんなわけで、ノルマンディーの片田舎の流儀で話されても何ひとつわからないのは当然だった。

「なあ、おまわりさんよ。僕が何をしたっていうんだ」フーケが抗議した。「この観衆たちは恩知らずだよ、見物料分のことはしたってのにさ。この車をぶっ壊そうとしたなんて思ってないだろ。第一見てくれ、傷ひとつついちゃいないぜ」

警官たちは手ぶらで帰るわけにもいかず、一番身なりがだらしなく見えるフーケを捕まえることにした。群衆は途中までそのあとをついていった。

「やったぞ」フーケは叫んだ。「これぞ闘技場からの勝利者の退場だ。熱狂的な観衆が僕を街頭まで見送ってくれている。よく見といてくれよ、カンタンさん。これが勇気と技のみに与えられる大いなる報酬なのさ」

「心配するな、坊や。わしが力を見せるのはこれからだ」群衆に紛れて従うカンタンがぶつぶつと呟いた。ネクタイをゆるめ、襟元をはだけるほどの興奮を感じていた。


フーケは警察署の長椅子の上で目を覚ました。室内はもう夜の気配だった。糊と筆記具のにおいがしたので、どうして郵便局で寝込んだのだろうと思った。窓口の前でカンタンがそのがっしりした上体を前屈《かが》みにしているのが見えた。緑色の傘を被ったランプの明かりが下から顔を照らしていた。

「だからわしが保証人になりますよ」カンタンは繰り返していた。「営業税も払ってるし、それなりに知られた経営者ですよ、それで十分だと思うがね」

フーケが怪訝《けげん》な面持ちで近づいた。

「ああ、来るんじゃない」とカンタン。「ここはわしに任せろ」

声の調子が反論を許さなかった。

「ご自由に。僕は外で待っています」フーケは無邪気に言った。

「それがいい。外の空気を吸えば気分もよくなるだろう……さてと、おまわりさん、これで問題ないということがよくわかっただろう。あの男は明日出ていくんだし、そうしたらもう誰もとやかく言わないさ……うちで飲んだんだから、わしにも責任がある。だがね、この十年間うちの店でただ一度の違反行為でもあったというなら言ってもらいたいものだ。なんなら調べてもらってもいいんだ」

「わかってますよ、カンタンさん。こういう地元の人間じゃない者同士の問題は微妙なものでしてね……」

「なんだって。わしはよそ者じゃないぞ。それに事はわしに関わることだ……」

「訴えた側が所轄の知り合いを、それも有力者をですね、引き合いに出しているんです」

「ふん。そんなものまとめてパリへ送って、書類の山にもぐり込ませちまいな。知らばっくれちまえばいいんだ。うちの客にだって知り合いはいるんだ、ドンフロンのやつとは違うね。うそじゃない……」

「まあ、今回はそういうことにしましょう」と警官は言った。

フーケの姿が見えなかった。カンタンは路地のずっと奥まったところまで行って彼を見つけた。嗚咽《おえつ》に肩を震わせて逃げ込んでいたのだった。

「どうしたんだ」

「わからない。恥ずかしいんだ。神経さ」

「頭がおかしくなったわけじゃあるまい。闘牛がうまくいったのに、泣くやつがあるか。いいかね、ああいうふうにうまくやりたいと思っているやつはいっぱいいるんだぞ」

フーケはうれしそうに微笑んだ。気持ちが落ち着いたようだった。

「こういうときは一杯やるのも悪くないかな」とフーケ。

「まあな」カンタンが同意した。「だが、エノーの店ってわけにもな」

「ホテルもだめだし、まあ、僕はかまわないけど」

カンタンはちょっと考えてから左の路地に入ると、サン・クラール教会がある丘のほうへ歩きだした。

「とっておきの静かなところへ連れていってやろう」

それは街の外れにあって、崖っ縁の道にしがみついているような板張りの粗末な家だった。蒼白い月の下に広がる浜辺全体と、入江や岬の複雑な地形が見渡せる。めったに人が通らないような道を歩いていった。カンタンは狭い敷地を抜けるとドアを押し開け、戸口に立った。

「アルベール」女の声がした。「信じられないわ」

彼はわきへ寄ってフーケを中に入れた。

「こんばんは、アニー。闘牛士を紹介するよ」

フーケの前に竹で仕切られた狭い部屋が現われた。そこに飾られているのは扇、侍の刀、大きな磁器の壺、さらにはパチンコの景品のような種々雑多な品々。壁の中ほどに吊られた紙の提灯の赤みを帯びた光は、頭の天辺《てっぺん》までしか届かず、顔より下の部分は半透明の絹のスカーフで覆われたように見える。アニーという女は年齢不詳だが、申し分のない体つきをしていた。すこし切れ長の目からすると、インドシナ人だろう。

「みんな本物とは言わんが、酔いつぶれた人間には夢を見せてくれる」カンタンは言った。

彼らは低い小テーブルの両側に固定された椅子に座った。そんなテーブルが奥のカウンターまでいくつも並んでいた。

「ここはバンガローといってな、酒も女も楽しめるところさ。一年のある時期になると、地元のお歴々が情婦《おんな》を連れてきたり、新しいのを見つけにきたりするんだ。特に冬は、こんな田舎じゃ退屈だからな。だが、一番賑わうのは復活祭のときだ。わしも昔は来たよ、言っとくが一人でな。そして、この仕切り壁の向こう側に、路面電車が走り、警笛が聞こえ、いろんな事件が起こるような都会があると信じ込んだものだ……」

フーケは目の前にいるのがもはや、自分の知っている男ではないとはっきり感じた。カンタンは何の気兼ねもなく周りを眺め、ネクタイを取ってポケットに押し込んだ。そして、ゆっくりと室内の雰囲気に浸り、酒の香りと高級な香水の匂いの混じった噎《む》せ返るような空気を吸い込もうと胸を膨らませていた。

「何にしましょうか」アニーが尋ねた。

「いつもの」とカンタン。

女はこの自信たっぷりで身勝手な言葉に心を打たれた。カンタンが背を向けていた間に世界は変わってなどいない、という答えだった。

「あんたの〝いつもの〟は十年ぶりだってことを忘れないでね。それに、商売柄なんでも忘れるようにしてるのよ」

彼女は慣れた口調で自分のことを語り続けた。彼女を無視するティグルヴィルの住人とは一線を画していて、限られた人間しか知らないこと、カーンで仕入れをしていること、ル・アーブルかシェルブールで気晴らしをすること。彼女は、カンタンが夢見ることもなくなった港の女だった。

「相変わらず例の〝サケ〟を振る舞っているのか」

「そうよ」と彼女は言った。「わざわざ遠くから飲みにくる人もいるわ」

「じゃあ、二人分だ」カンタンが握った手をテーブルにそっと置いて言った。「みんな〝サケ〟

っていってるんだ」フーケと目を合わせないようにして手早く説明する。「めっぽう変わったブランデーだ。ここじゃみんな紛《まが》い物さ。だが、あんな闘牛を見せられたあとじゃそんなことどうだっていいだろう」

「あんた列車は」そう聞いたものの、フーケは自分のことを考えると心もとない気がした。

「次があるさ」カンタンはすました顔で冗談めかした。「脱線事故でもあったと思えばいい……君も乗り損なったな」

警察署にいたときから、フーケは寄宿学校のロビーで旅行鞄の上に座っているマリーを想像していた。庭の黒々した木の枝がガラスを叩く高窓の下、そんな正確な場所まで目に浮かぶ。時計の針が進み、仲間たちはすこしずつ消えていく。フランソワも彼女を残して出発している。一台の車が忽然と現われるのを期待しながら、冷酷な結末を先延ばしにしているかもしれない。失望だけならいい。しかし今は、理解できないという苦しみに何とか堪えようとしている。父親を恨んではいないものの、大晦日の祝宴や誕生日など、どういうわけか彼が関わることすべてを台無しにする運命のいたずらを身に染みて感じている。そうやって、彼女は十三歳になってはいたが、それまでの十回の誕生日やクリスマスや元旦のお祝いをすっぽかされてきた。酷いことだった。しかし、フーケはある種の安堵感の中でじっとしていた。ここまで来れば、もうなるようにしかならない……

こうして、カンタンは再びグラスを前にしていた。耳にはまだ広場のざわめきが残り、世間に向けた激しい怒りの余韻と、憑かれたように無鉄砲なまねをした、この巻き毛を撫でつけた相棒への大きな愛情があった。自分はこの十年間何をしていたのか。優等賞をもらおうとキャンディーをなめていただけだ。無感動一等賞。禁欲一等賞。慎重一等賞……曖昧さも動揺もない。平凡というバリケードと誓いの陰に身を隠していた、しみったれた十年。もちろん誓いに気づまりを感じてはいたが、途中でやめることはカンタンの性格が許さなかった。だがこの意地を張って続けている賭けでしかない誓いに、いったいどんな価値があるというのだ。神は人間にたった一つの生き方を望んではいない。彼のような人間は、もっと激しく戦い続けることを求められていた。『この老いぼれ偽善者め、他のやつらと同じように死ぬほど酒が飲みたいと認めるんだ。こんな絶好のチャンスはそうあるもんじゃないとな』フーケは横向きに足を組んで背中を丸め、こちらを見ないようにしていた。が、カンタンが最初の一口を飲むと、やっと正面に向き直った。目から涙が零《こぼ》れ、それから急に熱い思いがこみ上げてきた……

「闘牛のあとで落ち会うって話をしましたよね。どうでしたか」とフーケが言った。

「よくもあんなことをしたものだ」はっきりした声でカンタンが答えた。「君が心配でならん。事あるごとに自分を痛めつけようとするから……」

「そんな辛気《しんき》くさい話はやめましょう」フーケは仰々しく言った。「見てましたか、僕はただの一度も踵《かかと》を上げたりしなかった。来るのが遅かったんですよ。はじめの三台を見損なったでしょう。二番目のはなかなかのもので、見事にケープに突っ掛かってきましたよ。四番目はもうすこし〝かわし技〟ができたかも知れません。最後の五番目のはね、まあ、こいつは話すのはやめとこう……」

フーケはマリーのことを考えまいとしていた。あらゆる心配事を篩《ふるい》にかけたあとのような和らいだ雰囲気にどっぷり浸っていたかった。それで、インドシナ女性に何度も酒のお替わりを促した。カンタンはそれを止めなかった。

「あの五番目のやつをぶん殴ってやりたかったな」カンタンは夢見るように言った。「わしなりにちょっと祭りを盛り上げてやろうとしてな……警察に相棒を引き取りにいくなんてちっともおもしろくない。自分も仲間に入っていないと後れをとったような気になるもんだ」

「あれは仕方ないでしょう。ここじゃ闘牛は禁止されているんだから。それでも大成功でしたがね」

「あとはクレールだけだ」カンタンが当然のように言った。「三人で出かけるはずだったが……」

「クレールのことはいいんです。そのうちなんとかなりますよ。僕らは再会する運命にあるんですから。僕は人間関係をすこしすっきりさせることにしたんです。あまりに多くの人間とつき合って、安売りしているような状態ですからね。本音でつき合うことも必要なんです」

カンタンは共感してうなずいてはみたが、もう相手の話があまりよくわからなかった。そのつど驚いたりはしてみるものの、話の輪郭はすぐにぼやけてしまう。なんとか話が噛み合ったと思ったとたんに、深い闇にまぎれて脈絡がなくなる。自分のほうは、さんざん寄り道をしてから、海賊の話になった。お気に入りのこの話では、イギリス駐屯部隊は仇役にされていた。彼は今までにない安らぎを感じながら、上体をテーブルと壁の間に挟み込んで、がらんとした店の中と、上の空で聞くフーケの両方に向かって話していた。

「さてと」カンタンはおもむろに言った。「こんなところでもういいだろう、坊や。兵舎に帰るとするか」

二人が立ち上がるのを見て、アニーは店のおごりと言って酒を一杯出した。彼らはそれを刑の執行を免れたかのようにじっくり味わいながらカウンターの前で飲んだ。そして、さらに一時間経ってもまだ居座っていた。世間の目を気にせず、はみ出し者でいられることで満足していた。アニーも先ほどから仲間に加わり、嫌な顔ひとつせずに見守っていた。

「リゴー・ド・ジュヌーイ海軍元帥のために飲むぞ。彼がいなければ、サイゴンのニア・クーエ夫妻の間に生まれたこの店の女将《おかみ》が、ここで居酒屋を開くことはできなかったろう」カンタンが口火を切った。

「禿頭《はげ》の闘牛士エル・ガリョに乾杯。三十年前、名高い暴れ牛ボアブディルを屠《ほふ》り、バルセロナの市場《メルカード》に捧げた天才だ」フーケが応えた。

「陸戦遠征部隊の父、フランシス・ガルニエを称えて」

「正面突き《デレチャソ》と飛び込み突き《ヴォラピエ》の貴公子、ホアン・ベルモンテに」

「諒山《ランソン》で罠に落ち、卑劣にも暗殺された将軍ネグリエの思い出に」

「リナレス闘技場でムレータを手に倒れたマノレーテの思い出に」

彼らはこのこじつけ気味の乾杯のやりとりにのめり込んでいるわけではなかった。が、軍隊や名誉に敬意を払う人間は、自分のなかの英雄を持ち出すしか共感することはできない。相手に後れをとりたくないという気持ちが次々に杯を重ねることになった。とうとう、アニーは口を挟まなければならないときがきたと感じた。

「ひどいありさまね。その調子でいったら二人とも酔いつぶれちゃうわよ」

カンタンは馬鹿にしたように女を見据えた。

「そうかもしれんがな、外出許可をもらったら楽しむもんだ。マージャンをしにきたわけじゃないぞ。よし、街に戻るとするか」

ポケットの中で金を探ると列車の切符が出てきた。カンタンは一瞬呆然としてそれを眺めてから、二枚にちぎると、片方をフーケに突きだした。

「さあ、同じようにしな。こうすりゃどっちが欠けても出発できない」

「僕が持ってないのは知ってるでしょう」フーケは恨めしそうに言った。

カンタンは肩をすくめると、切符を握りつぶして灰皿の中に捨てた。

「これでわしらは捕虜だな」平然として言った。

カンタンは外に出ると立ち止まり、点々と小さな明かりがともる広々とした景色を見渡した。家々の集中したところが乳白色に固まり、顕微鏡で血球が寄り集まっているのをのぞくようだった。

「サイレンが聞こえる」彼は自分だけ悦に入ったような口調で呟いた。「先は長いぞ」

フーケは、どうして遠まわりをしてティグルヴィルに戻るのか疑いもしなかった。来たときよりもっと危なっかしい道だった。カンタンが何年も鳴りをひそめていた空想の世界に踏み込んだということは考えもつかなかった。ただ連れを見失わないように注意しながら素直についていった。前を行くカンタンは鼻歌を歌っている。『中国の夜、甘い夜……』突然、カンタンが茂みに足をとられるのが見えた。咳き込んで、ぜいぜいという声、げっぷ……

「近づくな。人のやっかいにはならん……あのあばずれ女め、毒を盛りやがったな……孫文の一味には注意せにゃならん」

フーケはもじゃもじゃのゴマ塩頭を懸命に支えようとしたが、その重さにうろたえていた。これをきっかけにすこし判断力が戻ってきた。今頃は娘と一緒にパリに着いていたかもしれないと思った。意識がかなりはっきりしてきた。もはや放蕩に堪えられず、虚勢を張ってこんな野っぱらに連れ出した老いぼれの敗残兵を、秋風に吹かれながら励ましている場合ではなかった。カンタンもこの相棒の心変わりを感じとったのか、慌てて発作が激しくなったと大げさにしてみせた。しかし自分自身に腹を立てていて、街のはずれまで来ると真っ直ぐにエノーの店を目指した。

「車とやり合うのも結構だが、わしのほうはまだけりがついておらんのだ」

夕食の時間は終わっていて、土曜の楽しみにカードをしに戻ってきた者や、映画を見にいった女たちを待っている客が何人かいた。太ったシモーヌが最初に彼らに気づいた。上着は汚れ、顔を突き出して心もとない足どりの老人と、微笑みながらあとに従う若者。カンタンは周りの小物たちの驚きなど気にもせず、戸棚のように肩をいからせてずんずんと店の中へ進んでいった。

「カルヴァドス」

「いらっしゃい、アルベール」皮肉っぽい慇懃《いんぎん》さでエノーが迎えた……「で、あんたは」フーケに声をかける。

「僕も同じやつだ」

カンタンは手の中でちょっとグラスをまわしてから、一気に飲み干した。

「もう一杯」

エノーは身を屈《かが》めて瓶を取りながらフーケに囁いた。

「あんたが勝ったようだな」

「黙れ」きつい声でフーケが返した。

「どうしたんだい。てっきり、あんたはもう発ったと思ってたぜ」

カンタンは素早くカウンターの上に腕を伸ばすと、ハエをつかむように軽く手を握った。

「エノー」妙に静かな口調だった。「わしの相棒を気安く呼ぶな。わかったか。こいつとお前は親類じゃないんだ。お前がこいつにある事ない事吹き込もうとしたのはお見通しだ。無駄なことさ。わしは陰口を叩かれるのには慣れっこになってるからな。若いやつには『あいつがどんな男だったか知ってるか』とでも言ってるのか。酒でうがいをする老いぼれどもには『あんなやつは放っといて気楽にやろうや……』とでも言ってるんだろう。わしはいつも黙っていたさ。ただな、お前にはうんざりだ……」

伸ばしていたその手がエノーの顔面に振り下ろされた。エノーはよろめいて棚にぶつかり、グラスが一個落ちた。

「よく覚えておけ」

叫び声が上がり、椅子を引く音がした。『なあ見ろ、カンタンだぜ……カンタンさん……』そんな声が聞こえた。シモーヌが駆け寄ってきた。

「酔ってるのね、二人とも」

「それがどうした」カンタンは客たちのほうへ向き直った。「お前たちはこれを待ってたんだろう、違うか……お望みどおりだ」

エノーが険悪な目をして立ち上がろうとしていた。フーケはそれをじっとにらんでいた。

「アルベール、もう二度とうちには来ないでくれ」

「もちろんだ」カンタンが答えた。「だが、今度はなぜ来ないなんて思うなよ。そこにいるお前たちもな。明日になったら酔いが冷めてみんな忘れちまうだろうなんて考えるやつがいるとすれば、大間違いだぞ。わしはもう挨拶もせん。同じ部隊じゃないってことだ」

二人は外に出てからしばし立ち止まり、静かに勝利の余韻に浸った。それからやっと店の中にざわめきが戻った。フーケはこの勝利に快哉《かいさい》を叫びたい気持ちだった。カンタンが日頃ホテルで見せていたいささか無愛想な性格のすべてが、酔うことで見事に開花していた。奔放な想いに水を差すことなく、彼は筋を通していた。カンタンとなら何の抵抗もなく世間に入っていけた。ちょっと前に、何でもないのに身体の不調を訴えたことで、カンタンを見くびったことを悔やんだ。彼に従って反乱が起こっている中国の奥地へ分け入り、上海の陋屋《ろうおく》をマットレスを返すように一変させ、どこでも尊敬の目で迎えられる、そんなことはいとも簡単なように感じられた。尊敬されればすべてがうまくいく。鏡の前でしかめっ面をしていないで、そういうことを考えるのも遅くはない。頭に浮かんだ真摯な思いをはっきりさせようとしたが、厚い雲は消えかかっているのに、なかなか考えがまとまらなかった。

「奥さんはどう思ってるかな。僕を恨むでしょうね」

「偵察中にそんな話をするな」カンタンがたしなめた。

こうして酔って歩きまわっている間、カンタンがシュザンヌを気にすることはほとんどなかった。もうこれだけのことをしたあとでは、罪の意識にびくびくしても仕方がなかった。すこし前には、彼女に辛い思いをさせていると感じることはあった。が、自分は長い間おとなしくしていたのだから、ひと晩ぐらいの放蕩は大目に見てくれるだろうという考えが、そんな気遣いを押しやっていた。もうかなり酔いがまわっている。今はものすごい顔をして相棒のフーケを伴い、ジャングルのような市立公園へ踏み込んでいるらしい。街灯を思わせる背の高いシダの中、大蛇のようにとぐろを巻いた散水ホースを避けながら歩いていた。

「目的地は」フーケが質問した。

「ソム県のブランジだ」彼は答えた。「わしの父親に紹介せねばならん」

ある瞬間から、すべての道が、死んでいようがいまいが父親のところに通じていた。

「安心しろ」カンタンがつけ加えた。「夜営はする」

フーケは、ききわけのいい酔っ払いも、正気と妄想を行ったり来たりするのを忘れていたので、自分の先導者がまた濃い靄《もや》に入ったのに気づいて驚いた。そして、自分だけは何とかしようと思って理性の断片を掻き集めようと懸命になった。

「無理だよ、アルベール。僕はここを離れるわけにはいかない」

カンタンは足を止めるとフーケの上着の襟をつかんだ。

「お前はわしを見捨てるつもりか。脱走兵と見なすぞ」

「いや、そうじゃないんです。僕にもやらなければならないことがあるんですよ」

「じゃ、一緒にやろうじゃないか」

彼はフーケを離す気はないようだった。二人はしばらくぐずぐず言い合った。

「僕の娘を知ってますよね。連れにいかなくては」

「よし、一緒に連れにいこう。どこにいるんだ、捕まってるのか」

何かがフーケに囁いた。寄宿学校に行くには遅すぎるし、崖も危険だと。同時に、マリーに連絡しておけば明日迎えにいけるだろうとも考えていた。すべてが台無しになったわけではない。明日になればみんなうまくいく。そう考えて、自分を納得させた。

「僕に娘がいて驚きましたか」フーケはつぶやくように言った。

「まさか」カンタンが叫んだ。「わしは父親に会いにいくんだぞ……」

ムエット海岸は闇に包まれ、寄宿学校の一階の窓にひとつだけ明かりがついていた。二人は建物をひとまわりしてやっと正面玄関に辿り着いた。カンタンはプロの目で周囲を観察していた。「この中にいるのか」彼が聞いた。「見たところ、防備は並以下だな。しかしわしらの兵力が手薄なのを悟られないようにせんと」

「あんたは出ていかないほうがいいと思うんですよ。必要になったら手を貸してください」

「わしを先頭に行かせろ」カンタンは勢い込んだ。

フーケは父親として自分が真っ先に乗り込む権利があることを説明しなければならなかった。カンタンは納得して生け垣の陰に身をひそめ、滑稽にみえるほどに用心していた。それから、フーケは怖々《こわごわ》と呼び鈴を鳴らしてみた。が、不安な気持ちは心臓を高鳴らせ、血液の中のアルコールを掻きまわしていた。何度か鳴らして返事がないと知ったとき、遠慮する気持ちは消えた。

「無礼な」またそばに来たカンタンが言った。「軍旗は侮辱された。何をためらっている、作戦に取りかかろう。植え込みの中に抜け道を見つけたぞ」

フーケはしぶしぶ彼のあとについていった。彼らは針金の柵を開いて中に入ると、木の陰に隠れながらしっかりと鍵のかかった扉の前まで来た。

「三七ミリ曲射砲があれば、一発なんだがな」カンタンはそう言い放つと、夢中になって扉をどんどん叩き出した。

庇《ひさし》の下の電灯がつき、すぐ扉が開いた。創立者の姪のソランジュ・ディヨンがチェックの部屋着姿で現われた。化粧っ気のない高慢な顔が、花崗岩のような色あいのまとめた髪の下でこわばっていた。足元の外階段のステップが彫像の台座を思わせる。彼女はだらしない服装の闖《ちん》入者二人を尊大に見下ろした。不釣合な組み合わせが何か面倒を予感させる。

「カンタンさん、あなたでしたか。こんな時間に何事です、勝手に入り込んで。たいへんお身体を気づかっていると聞きましたが。何か不都合なことでも起こったのでしょうか」

「海軍極東派遣部隊、重慶分遣隊兵長アルベール・カンタン」気をつけらしき動作をしてカンタンが言った。「われわれは女の子を受け取りに参りました。今から三分以内に引き渡していただきたい。さもないと他人《ひと》の身体を心配するどころじゃなくなるぞ」

どこまでが冗談なのか見当もつかなかった。フーケはディヨン女史の軽蔑のまなざしを受け、マリーを拒絶される心配とカンタンに与《くみ》したいという気持ちとに揺れて、どんな態度をとったらいいのかわからなかった。

「僕はマリー・フーケの父親です」ようやく彼は言った。

「ああ、そう！」女史は皮肉っぽく叫んだ。「なんとまあ、お待ちしていたのにね。でも、これでよく訳がわかりました」

「マリーを渡していただけるんですか」彼は遠慮がちに聞いた。責任があるのはわかっているが、自分の権利がどこまで通るのかわからず哀願するような調子だった。このおどおどした態度が、ディヨン女史にはカンタンの悪態以上に嘆かわしい印象を与えた。

「今ですか。ここの子供たちは九時には寝ることになっています。母親はどう思うかしら」

「そういつまでも待てんぞ」毅然《きぜん》としてカンタンが遮った。

「一緒に連れていっても大丈夫だと思いますよ。うまく寝かしつけますから」

返事を聞かないうちに、あのブルゴーニュの付添婦が薄布《うすぎぬ》をヒラヒラ、ぼろスリッパをパタパタさせて姿を現わした。彼女は、自分はこの男を知っていて、マリー・フーケの父親ではなく家族の知人であると自信たっぷりに言ってはみたものの、あいまいなところもあるので、もっとよく調べる必要はあるだろうとつけ加えた。それから押し問答が続いたが、幸いにもこの大騒動を聞きつけたヴィクトリア・ディヨンの叫び声が話を中断させた。『ネエ……ドウシタノ……ドナタガオミエナノ……』

「ここにイギリス人がいてもわしは驚かんよ」カンタンはせせら笑った。

もっとも、老婦人が沸き上がる並外れた好奇心を押し殺した顔で、猛然と車椅子を転がしてきた姿は驚くべきものだった。この人物には潮の満干《みちひ》のような二面性があって、その静と動の部分がそれぞれ、ディヨン寄宿学校の籠城者と侵略者との緊迫した状況を見事に表わしているようだった。

「わしに任せろ」カンタンが言った。「わしはイギリス人にどう話せばいいか心得ている。フランス語でだってわからせてやる」

「時間の無駄ですよ。彼女はフランス人ですから」とフーケ。

「ほう、アラビアのロレンスってわけだ……」

カンタンはすぐに相手を説得しにかかった。逸話をちりばめながらイギリスがいかに侵略したかについてしゃべり、その陰険で強引なやり方が両国の水兵や、下士官、海軍士官たちの関係にまで影響していることを滔々《とうとう》とまくし立てた。その代わりに彼は、オックスフォード訛りの洗練された言葉の一斉射撃を受けた。もっとヴィクトリア・ディヨンを知っている人間ならば、彼女がまったく同意見で、興味をそそられてさえいるのを見抜けたかもしれない。しかし、カンタンに英語はわからなかったし、それを知っている人間たちはというと、マリーを起こしてフーケが父親であると見定めさせるかという新たな問題を議論していた。姫の校長はきっぱりと反対した。

「どうしてもというのなら、明日にしましょう。はっきり申し上げますが、もっとお子さんを連れていかれるのにふさわしい状態でお越しくださらないと」

彼女は、ひとまず時間を稼いでおいて、その間に相手をよく調べようというつもりだった。万策尽きたフーケは降参するしかなかった。やはり大博打《ばくち》だったというぼんやりとした意識があった。

「何だって」交渉の結末を知ったカンタンが言った。「またあの植民地争いを繰り返すつもりか……」

「今夜のところは引き下がって、帰りましょう」

「降伏するのは早いぞ。わしらはあの女の子の生活について同等の責任がある同盟関係だ。駆け引きがあるのは、百も承知だが、それなりの手続きや保証があってしかるべきだ……」

カンタンは車椅子に覆いかぶさると、当惑気な老婦人の目の前で人差し指を動かした。

「わしは部隊長直々に言いたい。部下どもに、われわれが明日出直すことを承諾したのは交渉決裂の責めを負いたくないからだと知らせてもらいたい。その代わり、明日の日曜日の十時に、子供は武器や荷物ともどもわが指令部に引き渡すことを要求する。髪の毛一本でも触ることは許さん。これを最後通牒と心得てもらおう」

ほろ酔い加減の狼藉者を追い出したい一心で、今度は校長が折れた。今からそのときまでに、彼らについてどうけりをつけたらいいかわからないようなら、それこそ大変だ。カンタンとフーケは再び夜の闇に飲み込まれた。頭は重く、口はべとつき、思い思いの理由で気分は沈んでいた。

「指揮をとるのはお前だが」カンタンは言った。「作戦はかんばしいものではなかったな。中国では、もっと厳しさが必要だった、わしが話した頃はな……」

「ちょっと強引すぎたとは思いませんか」

「なあに、全然」とカンタン。「手ぬるいくらいだ。お前だって望み通りになったじゃないか……わしはな、みんなに知ってもらいたいんだ、ある日若者と老人が一緒に……」

思わせ振りな態度だった。

「一緒に何です」フーケは漫然と聞いた。

「わからん。やたら暗いんだ、この町は。そろそろ景気よく花火でも打ち上げようじゃないか……町中をドンチャン騒ぎに巻き込んでな」

「花火?」

「そうさ、でっかい花火で目を覚まさせてやるんだ。わしらもこの町もまだ死んじゃいないってことをわからせてやる。戦争中の派手な花火は、そりゃあ見ものだった。地雷や大砲のようなやつが、まだそこらにころがってるはずだ。ドカンと爆発させてやろうじゃないか」

「そのあんたの言う花火は教会のあたりにありますよ」思わずフーケの口からもれた。「髭の男のいる店だった。その男っていうのが過去を店に並べて、秘密を缶詰にして売ってるようなやつでね」

「そりゃ間違いない」カンタンが見直したように言った。「なあ相棒、わしは見損なっていたよ、お前は立派な指揮官だ。その髭がわしらに酒を飲ませるような仲間にしてやるか」

数分後、二人は教会の広場まで出てきていた。靴音が鐘楼まで響いていた。フーケは老人に誰も知らない阿片窟のようなものを教えたことで、また誇りを取り戻していた。髭のランドリュの店先は色褪せた戦利品であふれ、裏の隠し部屋では秘密の作業が進められているような気配があった。月明かりに照らされた地下室の窓を見ると、その下で何かが企まれていると想像させずにはおかなかった。

「合い言葉がわかりません」

「気がつくようにさせるさ」そう言うとカンタンは一握りの小石をつかんで二階の窓に投げつけた。

ランドリュが雨戸を開けた。ちょうど十一時の鐘が鳴って、鳩時計の鳩が現われたようだった。この滑稽なありさまを見て、フーケはまた元気を取り戻した。まわりながら常に上がり下がりを繰り返す回転木馬、それこそがこんな夜の魅力だった。説明したり、頼み込んだり、果ては口論までしたあげく、ランドリュは下りてきてドアを開けてくれた。

「女房は寝てるんだ」彼は不気味な声で言った。「仕事場に行こう」

「ブランデーを持ってこいよ」とカンタン。「大事な商談だ」

彼らは、木箱や生地をまとめた包みで足の踏み場もない物置部屋の中で、酒瓶を中心に陣取った。顔を真っ赤にしたカンタンは大きな箱の上に座り、ランドリュをその気にさせるような言葉を選んで丁寧に説明した。話が終わると、相手は勿体ぶって頭を掻いてみせた。

「戦利品の中にはあんたらの欲しいものはないよ。占領下でも解放されたときでも、確保したのは太いロープをばらして作ったスリップやブラジャーで、まあそいつは戦時には珍しいレース飾りの代物だけどね。信号弾も曳光弾もないよ。だがね、ひょっとしたらあんたらを助けることができるかも、いや大いに役に立つかも知れんな。ただし、アメリカや得体の知れない会社の製品が職人仕事に比べたらちゃちなものだっていうことを認めた上での話だ」

カンタンとフーケに異論はなかった。

「在庫品の中に花火職人の傑作がひとつあるんだ」ランドリュがまたしゃべりだした。「忘れちゃいないよな、アルベール、あの仮装舞踏会を。ヴァルター・クラウトシュタイン卿が三十年代に開こうとしたが、破産して取り止めになったやつだ。結局、彼に残ったのは類稀れな名人ルッジエーリの刻印入り花火さ。わしはそれをただ同然で買ったんだが、同じ値であんたに譲ってもいいぜ」

「来週ホテルに勘定を取りにきてくれ」カンタンは言った。「見てもいいか」

「さっきからおかしくて仕方がなかったんだがね」ランドリュはフーケに向かって言った。「あんたの尻の下だ」

小箱が二十個ほどで一揃いだった。慎重に蓋《ふた》を開けて、保存状態を調べた。

「みんな完璧だ」とカンタン。「あとは浜まで運ぶだけだ。あんた手伝ってくれるよな」

「わしがか、無茶言うなよ」とランドリュ。「女房はどうする」

「女房は誰にだっている、わしにも、この相棒にも、みんなにもな……わしらがこれをやるのはな、実は女房たちのためなんだ」

「ここからだって見られるよ」

「つべこべ言うな。人は多いほうが楽しめる」

「じゃ、ちょっと手を貸すだけだぜ。上着を着てくる」

彼らは入江まで何度も往復しなければならなかった。用意されたプログラムは次のとおり。

『天空の華《はな》二十三発、万色星十発』


ステラの活気はすこしも衰えていなかった。外国人たちは食堂に居座り、階段や廊下にたむろして、訳のわからない言葉でだらだらとおしゃべりをしていた。マリー＝ジョーは欠伸《あくび》をしてはシュザンヌのところまで行き、夫婦の一大事の気配に刺激を受けることで、眠気を覚まし、自分を奮い立たせていた。シュザンヌは動揺を隠してはいたが、内心気になって仕方がなかった。テーブルの上に置き去りにされた夫の鞄の隣りには、フーケの鞄を並べていた。あたかも二基の墓碑のようだ。しかし、そろって災難に遭うことなどないはずだった。

最初に爆発音が建物を揺るがしたとき、シュザンヌは——そして多くのティグルヴィルの住人たちも同じく——地雷が爆発したのだと思った。そういう心配は地元民の中に根強く残っていた。だから、みんな最初の一発には怯えたが、その後も爆発が続くのには考え込んでしまった。まもなく、人の駆け出す音や叫び声が街のあちこちから聞こえてきた。シュザンヌは戸口に出てみた。空には破裂音とともに、〃ザクセンの蝶〃が〃驚異の扇〃の蜜をあさり、〃花の風車〃が〃空中庭園〃を乱れ飛んでいた。

「スバラシイ」イギリス人がうっとりとして言った。「コレハ『ソン・エ・リュミエール《音と光の饗宴》』デショウ」

シュザンヌは、アリスティド・シャニ大通りに殺到する人々についていくつもりはなかった。そのとき、エノーが意地悪そうな笑みを浮かべ声をかけてきた。

「やりましたね、カンタンさん。浜にいるのはご主人らしいぜ……」

今度は彼女も駆け出した。群衆がムエット海岸へ延びる防波堤沿いの道の外れに集まっていた。周囲が赤く染まっている。〃様々な色の十五本の燭台が演出する妖精の滝と、一斉に発射される四十本の打ち上げ花火〃の迸《ほとばし》る光だった。黒々とうごめく影が一瞬にして闇から光へと変わる中に、カンタンとフーケの姿があった。荒々しい光の中でトーチカの間を駆けまわり、点火しては火の粉を被っていた。マグネシウムの菊花花火にせよ、その強烈な印象が戦争を思い出させるほどだったので、また地雷のことを話しだす者もいた。ついには、あまりの混乱ぶりに、この無鉄砲な花火職人を捕まえにいこうと言いだすおせっかいが現われた。

フーケは筒形花火の調整に追われながらも、汗まみれのカンタンが、顔を煙に巻かれ、最後の仕掛けを準備しているのをちらちらと見やっては感心していた。それは〝最新式の大輪の花束〟で、説明書には〝あらゆる大きさと種類の百発球〟とあった。と、カンタンが肩をつかんだ。

「さあ、逃げるぞ」

砂浜の前方には強面《こわもて》の人間たちがやってきていて、彼らを逃がすまいとしていた。そのうしろからは、説得しようと近づくシュザンヌの姿が微《かす》かに見えた。〝大輪の花束〟がまばゆいばかりに破裂するその一瞬をとらえて、カンタンはフーケを岩陰に引きずり込んだ。頭上で旋回する彗星の火花が、聖人たちの後光のように二人に降り注いだ。ランドリュはとっくに消えていた。

「まだいけるか。崖を登って直接高台に出るぞ」

彼らは登りはじめた。まず岩場を越え、次に岩壁に生えた萎《しな》びた樅《もみ》の木の根につかまって登った。カンタンは年の割に驚くほど頑強で、フーケのほうが最初に顎を出して一休みさせてもらった。

「気分がいいようだね」不機嫌そうにフーケが言った。「あんたは僕に運動させると気分がいいってわけだ」

カンタンは大声で笑いだした。

「馬鹿たれが。こんなことは酔っ払ったときだけだ。ついてこい。やつらにおまえを渡したくないからな」

「なぜ僕なんです」

「そりゃ、ねらわれるのはおまえだからさ。わしという人間は知られているからな。敵にしろ味方にしろ、やつらは素性のわかっている人間しか認めないんだ。わざわざわしを堕落させにきたおまえなんか認めると思うか」

「あんただってやつらを裏切ったんだから石を投げられますよ」

「そうなったら一緒に死ぬだけだ。こっちへ来い」

「どこで寝ようっていうんですか」

「物置小屋がいい。上陸作戦のときによく行ったんだ」

気高くも、荒涼として、田園はじっと待っていた。カンタンには、ウマゴヤシの原っぱや家畜小屋や焼焦げた壁が見えた。「さあ、ここだ」

フーケはあたりを見まわした。遠くイギリス海峡に面した海岸のほうでは、宝石箱の中の真珠のような明かりが静かに横たわっていた。干し草の中に寝転がるとすぐに眠りに落ちた。間もなくカンタンがそばに横たわった。睡魔は力強く二人をさらっていった。

第七章

カンタンがまず目を覚ました。どんよりした空に教会の鐘が響いていた。蝿があたりを飛んでいる。今年最後の、そして、この地方最後の一匹だ。彼はその蝿に不吉なものを感じたが、そばでフーケが上着を頭に被って縮こまっているのを見ると安心した。昨夜の乱行の記憶はぼんやりしていたが、若者が小さな女の子の父親であるという意識は残っていた。それがとても滑稽に思えて、確かめるためにわざわざフーケを揺り起こした。間違いない。酔った上での妄想が今度ばかりは現実につながっていた。二人は乱れた服装を整えながら、マリーのことからはじまった前夜の行動と思いがけない出来事の数々を懸命に思い出そうとした。この広々とした中で朝の身支度をすると、生き返ったようだった。髪はもつれ、不精髭は伸び、服は皺くちゃで、見た目は浮浪者のようだったが、気持ちはさわやかだった。フーケは娘を十時に連れにいくことが気になって仕方がなかった。カンタンはエノーの店で自分の筋を通したことを思い出していた。そのずっとあとで起こした花火の騒ぎは、彼らにとってかすかな記憶でしかなかった。その意味を深く考えるのは今すぐではなく、もっと先の話だと感じていた。それに、自分たちの犯した罪など気にするほどのこともないように思えた。みんなのひんしゅくを買う犯罪者も、ほんのささいなきっかけで英雄になることがある。もう彼らは、口笛を吹いて元気を取り戻そうとしていた。

あれこれと考えているうちに、聖レミに洗礼を受けたフランク族の王、クローヴィスのことがカンタンの頭に浮かんだ。そして、どうしたってそれを避けては通れないだろうと思った。

「なあ、もしクローヴィス王が勝利のあとで洗礼を受けなかったら、どうなっていたと思う……大うそつきか背教者になったかな」

「たぶんね」とフーケが答えた。「でも、クローヴィスの心配をしている場合じゃないでしょう」

「こんなこと言ってもどうなるわけでもないが」すこし気取ってカンタンが続けた。「この場所こそわしが禁酒を誓ったところだ」

フーケは相手が顔を曇らせはじめているのに気づいた。

「すぎたことはすぎたことです」とフーケ。「それに、神を裏切るようなうそをつくと鶏が鳴くって聞いたことがあるな。まあ、僕には信じられないけど……」

「なるほどな」カンタンは言った。「明日また考えてみるか。父親にでも話してな」

「まだブランジに行くつもりなんですか」

「当たり前さ。お前も発つんだ」

「そのまえに一息入れますか」フーケが仄めかした。「大汗かいたことだし」

あからさまに街に戻るとは言わなかった。

「そうだな」カンタンがいかつい手で髪を掻きあげながら同意した。「朝から一杯やるのもなかなかいいかも知れん。鶏が鳴こうが鳴くまいがな。嵐は去ったんだ……」

起きたときからずっと、別れるときまでどうするかという話を切り出せないでいた。どうしたいかわかりきっているのに何くわぬ顔をしていた。今度はただでは済まないと思っていたのかもしれなかった。

フーケはカンタンから言い出してくれたことがうれしかった。そして、カンタンは後悔を吹き飛ばしたいのだと思った。彼自身そうだった……

「いいでしょう、でも穏やかにね」


一時間後、ステラの近くまで戻った二人は、庭で何人もの人々がカナダ人兵士の追悼プレートを取り囲んでいるのを目にした。すこし離れたところに町長がいて、四か国語で短い挨拶を読み上げていた。語彙《ごい》の不足か、ごく簡単なものだったが、感銘を与える内容だった。おかしかったたのは、タイガー・ヴィル外人部隊の側の代表者が答辞を読んだときで、この式典に際して昨夜の盛大な祝宴が云々《うんぬん》と言いだしたことだった。フーケにとってはそんなことはどうでもよかった。カンタンが彼の袖を引っ張った。カンタンは、今しがた出てきたばかりのバー〝レヨン・ヴェール〟でまたひどく投げやりになっていた。若者と別れるという思いに動揺し、一気に疲れが出たような様子さえあった。『わしは何を楽しみにしたらいいんだ……』今の彼の目は隈ができていたが、輝いてもいた。

「裏へまわろう。じっとしているんだ……ところで、ずっと忘れてたことを思い出したぞ。あの な、行儀よくしなければならない式典とか集まりのときには、決まって酔っ払っちまうもんだ。まず間違いなくな。めまいみたいなもので、しっかりしなければと思えば思うほど倒れてしまう……」

二人は誰もいない調理場に忍び込んだ。フーケは自分がロール巻きを作ったその場をまた目にして、胸が締めつけられる思いがした。百年も前のことのようだ……しかし、ホールに出ると、そこにはマリーがいた。シュザンヌとディヨン校長に挟まれて鞄の上に座っていた。あのとき想像していたのと同じだった。この瞬間に、彼らの間に立ちふさがっていた壁が崩れ落ち、道が開けた。長い間浜辺で見守り続けていたあとで、絵の中でじっとしていた人物が、突然額の外へ飛び出したようだった。マリーは彼の首に抱きついてきた。表からはラッパの音が聞こえてきた。

「与えられた権限によって」神聖な儀式をつかさどるるようにカンタンが呟いた……

「髭がチクチクする」マリーが言った。「でも、気持ちいい」

「栗のいがと同じで、中は柔らかいのさ」

平底靴をはいた校長が近づいてきた。

「午前中に列車がありますからね。そろそろ出かけないと間に合いませんよ」

「わかりました」フーケはカンタンの姿を探した。

カンタンは謝ったり邪険にすることもなく、シュザンヌと話していた。シュザンヌのほうも怒ったり悲しんだりする様子はなかった。何を話しているのだろう。年をとってみなければわからない話なのかもしれない。フーケはマリーの手を取ると、ちょっと安心させようと夫婦のほうへ連れていった。

「わしも出かける」とカンタンが言った。「一緒に行こう。ブランジには何とか着けるだろう」

フーケがシュザンヌの顔色をうかがうと、彼女はわずかに肩をすくめた。自分が口を出すことではないということだった。それでも門まで一緒に出てきて、靄《もや》の中に、三人が遠ざかるのを見送った。カンタンもマリーと手をつないでいた。

『あの人からは子供たちを引き離すことも無理ね……』シュザンヌはドアを閉めながら思った。

二人の男たちは神経質なほどマリーに気をつかい、ぎこちない様子で駅へ向かう坂道を歩いていた。マリーはすぐに自分から前を歩きだした。

「年齢《とし》に関係なく気持ちは通じ合うんだ」目に涙を滲《にじ》ませてカンタンが言った。「人はなかなかそれに気づかない。わしも今夜ひとりの息子に戻れば、何もわからなくなる」

フーケは答えなかった。反対側の歩道では、あのグラットパン通りの娘二人が腕を組んで教会のほうへ下っていくところだった。フーケが鞄を持っているのを見て何度か振り返ったが、顔色ひとつ変えることはなかった。

「知り合いかね」カンタンが聞いた。

「いいえ。〝安息日の娘たち〟ですよ」

〝安息日の娘たち〟。世界のどんな村にもいて、時に元気を与え、悲しみや無気力を忘れさせ、心の平静を取り戻してくれる娘たち。だが、そう思い込むのは若い男たちのほうなのかもしれない。

カンタンは座席までフーケとマリーについてきた。列車が動き出しても降りなかった。

「アルベール、列車が違うだろ」

「もう間に合わないよ」

「切符は」

「何とかなるさ」

「あんたらしくないな」

「わしをよく知らんのさ」

マリーは、ときどき妙に醒めた目で自分を見つめる、強烈な存在感のある男を歓迎していないようだった。座席に縮《ちぢ》こまり、父親が促すことにすこし戸惑いながら応えているだけだった。一方フーケのほうは、この老いた相棒に対してじれったさを感じている自分を責めていた。それは、家に帰る時間なのに、朝まで酔いつぶれている自分に仲間が感じたような思いに違いなかった。今や旅人となった者につきまとわれるのは、鬱陶しかった。だから、リジュー駅に近づいて彼が立ち上がったときは、ほっとしたような気分だった。

「わしはここで乗り換える。アミアン方面行きをつかまえなくてはな。時間はたっぷりある。いずれにしても両親には会えるんだ。よい万聖節をすごしなさい。ほんとうの幽霊というのはな、生きている人間のことだ……」

カンタンは乗り降りする客の流れに紛れて消えた。しかし列車が出る直前にまた姿が見えた。ホームの時計の下で鉄柱に隠れるようにしてこちらをうかがい、うなずくでも手を振るでもない。両腕を身体の脇に突っ張らせ、田舎臭いシャツの襟元をはだけて、褐色の染みだらけの手をうしろで組んでいた。が、列車が動きはじめると突然走り寄ってきた。

「帰ってこい、な、帰ってこいよ……」

「あんたは」フーケは喉が詰まって、やっとのことで答えた。

「帰ってくる、帰ってくるとも……」


乗客たちがマリーとフーケを同情のまなざしで見ていた。フーケは自分がそれに値しないと感じた。「変だよね、パパの友だちは」いかにも心得たような口ぶりでマリーが言った言葉に、彼は苛立ちを覚えていた。老人がかつてのようにブランジ駅に居座って、過去の栄光を再び夢見る大根役者のように、改札口でひと悶着起こす光景が目に浮かんだ。〝死者の日〟とはなるほどうまく言ったものだ。ほんとうの幽霊か……

「パパが送ったセーターを着てるね」咎《とが》めたい気持ちを抑えきれずにフーケが言った。

「毎日着てるよ」マリーは落ち着いて答えた。

最初のうそ。いや、うそではないのかもしれないが、確信はなかった。まだ会って一時間だというのに、もうこれだ。どうやったら相手の心を打つか知っている、あの子供の驚くべき本能で、マリーはここぞとばかりに自分をわざと幼く見せた。

「お話してよ」ちょっと身を擦り寄せてマリーが言った。

フーケは話を知らなかった。

「じゃ、作ってよ。私が小さいときしてくれたように」おどけてせがんだ。

こうして彼は冬の猿の話を聞かせることになった。

「ほんとうにあった話なんだ。さっきのパパの友だちがちょっと前に教えてくれたんだけどね。インドだか中国だかでは、冬になるとあちらこちらに小さな猿が迷い出てくるんだ。べつに何をするでもない。好奇心なのか、それとも、何かを怖がったり、嫌ったりして出てくるのかはわからない。すると住民たちは、猿でも心があると信じてお金を出し合い、彼らのしきたりがあり、仲間がいる故郷の森へ送ってやるんだ。そうやって、猿がいっぱい乗った列車が密林へ向かうのさ」

「パパの友だちはそういう猿を見たことあるの」

「少なくとも一匹は見たと思うよ」

「猿は人間の真似をするのよね」何気なくマリーが言った。

「よく知ってるな」

「ひとを怒らせるときやるんだって」

巨大な壁面が窓ガラスを暗くした。ポイント切換えをして、何本もの送電柱の間を擦り抜けたあと、列車はパリ郊外が近いことを告げる切り通しに差しかかっていた。

「ぼくらの森が近づいてきた」とフーケは言った。

ネオンがあふれる中、サン・ラザール駅の階段を降りているとき、フーケはその森に再び帰ったと実感した。階段の下に痛々しいいざりの乞食がいて、だみ声で恋歌《ロマンス》を口ずさみながら手を差し出していた。毛皮のコートらしきものを着た裕福そうな男が、その手を見るでも、振り払うでもなく通りすぎた。しかし数メートル先へ行ったところで、この男が同じ歌を口笛で吹いて、満ち足りた顔をしているのをフーケは見逃さなかった……奇妙な形で恵みを受ける森だった。

『結局、カンタンもまた僕の歌を口ずさみながら再び旅立つのだ。彼はそれで重荷を背負い、僕はまた歩きはじめる乞食なのかもしれない』

もうマリーはタクシーのほうへ駆け出していた。フーケはカンタンの旅の計画を思い出して、周りを気にすることもなく娘を呼び止めた。

「マリー、バスに乗ってパリ見物をしよう」

「混むんじゃない」

「それもいいじゃないか」

「パパ、私帰りたくない。もうあんな寄宿舎にいるのはいや。他の子たちはみんな大人すぎるの」

「そうだな」彼は答えた。「一緒にやり直してみるか」

「お家に帰ってくるの」

「そう、明日な……」

しかしその晩、フーケはクレールのアパートまで行った。が、明かりがついているのを見て呼び鈴を鳴らさなかった。明日にしよう……

すぐ近くのホテルに部屋をとった。二人が同じ教会の鐘を聞き、同じ教区にいることを彼女はまだ知らない。そういう生活がすでに始まっていた。

長い間窓から身を乗り出して、再び舞い戻った森の喧騒を聞いた。それから窓を閉めて鏡の前までいくと、言い聞かせるように口にした。

「さあ、また長い冬がやってくる……」

訳者あとがき

アントワーヌ・ブロンダン（一九二二～一九九一年）は、第二次世界大戦後の新世代の作家の一人で、当時フランス文壇の主流だったサルトルやカミュに代表される〝アンガージュマン（参加）〟の文学に、敢えて背を向けた作家である。ロジェ・ニミエ（一九二五～一九六二年）を中心とするこの一派は〝軽騎兵〟と呼ばれ、実存主義を嫌い、いわば伝統的な娯楽性を重視して、時に主人公の無関心や否定的態度で社会の欺瞞を浮き出させている。

ブロンダンはドイツ占領下の一九四三年頃から雑誌に評論を書きはじめたが、それは自ら進んで書くというよりも、むしろ特殊な状況が青年の不安定な心情を吐露させているといったほうがいいようだ。本格的な執筆活動は、戦後間もない一九四六年に週刊誌に掲載された『若き亡命者へ』と題する小論あたりからになる。以後、その饒舌で豊かな感性を駆使すると共に、同志的存在のニミエやジャック・ローランとの交流を経て、後に社会の落伍者を描く独自のユーモアとペシミズムを育んでいく。

たとえば、自らの戦争体験をヒントにした処女小説『ヨーロッパ野外学校』（一九四九年）では、病的に身体だけ大人になってしまった青年が、カンディードの純真さとドン・キホーテの闊達さをもちつつ、奇妙な女性遍歴を重ねる。さらに、地図を頼りに占領した町の名前をゲームのように無邪気に探しまわるドイツ兵、死んだふりをし、女装をして難を逃がれ、過去の赫赫《かっかく》たる栄光を捨て去ることに陶酔するフランスの司令官など、悲しくも奔放で滑稽な人物を登場させ、戦争を舞台にした小説としては不謹慎とも思える世界を描き出している。また、『神様の子供たち』（一九五二年）では、歴史の教師が、その何不自由ない生活と愛する妻の凡庸さに反発を感じ、戦時下で思いを寄せた女性に混沌と自由の象徴を見いだす。そして〝歴史が自分の人生をねじ曲げたのだから、今度は自分が歴史をねじ曲げてやる〟と思い立った彼は、生徒たちに恐る恐る歴史の内容を歪めて教えはじめる。いずれの作品も、哲学を学び、二年以上もＳＴＯ（対独協力強制労働）を味わったばかりの若い作家としては、磊落《らいらく》で屈託ないものさえ感じさせる。

とはいえ、まったく政治に無関心だったわけではなく、長く右寄りとされてきた時期もあったし、母方の祖父カジミール・ペリエは一八九四年に六か月間共和国大統領を務めている。しかし、かつての右が左に、左が右になるような政治には〝風（票）と共に去りぬ〟の観があり、思想ではなく人間そのものに目が向けられていったようだ。彼がペンを執るのは友情のためであり、イデオロギーのためではなかった。生涯で百近い数の序文を書いているが、そのジャンルが哲学、文学はもとよりスポーツ選手の自叙伝にまで至るのは何よりの証拠であろう。周囲がどうとらえようと、結局本人いわく、〝ブロンディニスト〟（ブロンダン流）でしかあり得ないのだ。しかしそれが災い（?）して、必ずしも強者や多数派の側に身を置かない場合が多く、謎めいた行状と相俟って、無頼や反逆として見られることになる。つまり、その素地も血筋（母親は詩人）も十分に表舞台で発揮されるだけのものを持っていたが、〃有効に〃使われなかったということだ。

彼がこよなく愛するのは、酒を前にしての夜だった。酔っ払った揚げ句の乱行で数え切れないほど留置場で朝を迎えたことがあり、出版社は彼に小説を書かせるためには、まずその無頓着な夜毎の放浪癖をなんとかする必要があったという。実際、ブロンダンと酒はつきもので、酔った上での破天荒な行状は伝説的になっている。『左岸の散歩者』の中で本人が語る武勇伝のいくつかを紹介しよう。まずは、競輪場からの帰りにふらふらと大臣の執務室に入り、寝込んでしまって留置場へ。警官の靴に小便をひっかけて捕まり、駅の食堂で隣りの老婦人の花飾りのついた帽子にも小便をひっかけてしょっぴかれている。そのほか、喧嘩はもちろん、本書のフーケのように自動車相手の闘牛までやってのけていて、無銭飲食（酒）やタクシー料金の踏み倒しなどと合わせて、都合三十三回（本人はキリストの死んだ年齢と一緒だと胸を張っている）逮捕された。

悪戯もかなり念が入っていて、夜が明ける前に、セーヌ川沿いの通りの土手に仲間と蕪《かぶ》や人参を大量に植えて、見事な畑にしてしまったり、大きな羊の腿肉をシーツでくるんで赤ん坊のように見せかけ、サン・ジェルマン・デ・プレの教会で洗礼を頼み、神父を驚かせて喜んだりもしている。

有名な作家たちとの出会いにも絶えず酒が絡んでいる。マドリッドのホテルで偶然会ったヘミングウェイとは、地元の人間が招待してくれた闘牛見物の待合わせ時間にそろって遅刻して、仕方がないからホテルのバーで一日中〝オーレ、オーレ〟とやっていたらしい。ケープはあるのに牛が出てこなかった、などととぼけている。最後に極め付けをひとつ。ある晩、ナイトクラブでサルトルのいるテーブルに案内されたが、温厚な紳士然とした相手がつまらないことを言うので、酔いも手伝って横っ面をふたつばかり張り倒したというのだから凄い。

もうひとつ彼が愛したのはスポーツだった。『レキップ』誌ではツール・ド・フランスの記事を毎年担当し、七回のオリンピックを取材するなど自他ともに認めるスポーツファンでもあった。とりわけラグビーは気に入っていて、ノーサイドの笛が鳴ったあと両チームの選手が健闘を称え合う姿はえも言われぬ光景だと熱く語っている。

さて、長々とブロンダンについて書いたが、それは彼の作品の中にいつも作家の顔が浮き出てくると思われるからである。読んでいくうちに、いつしかブロンダン自身の独白ではないかと思ってしまう。それほど作品と作家の距離が近い気がする。饒舌で巧みな言葉遊びの中にユーモアやペイソスを織り込む器用さがある反面、そこに漂う雰囲気や空気は彼が吸っているものとまったく変わらない。そういう意味で、作者の人物像を詳らかにしておくことが、少なくとも下手な解説を捏ねくりまわすより、価値があると思われる。

『冬の猿』は一九五九年に書かれた。時のフランスは九年に亘ったインドシナ戦争に決着をみたのも束の間、アルジェリアで民族独立運動が高まり、これに呼応して国内ではド・ゴールによる第五共和制が成立している。戦争で失うのは物や人の命だけではない。中国での駐屯体験をいつまでも引きずり、占領と上陸作戦の忌まわしい記憶に翻弄され続けるカンタン。果てのない揚子江を下る夢は、すべてを忘れてしまったかのような現在の生活、かつての仲間、そして妻のシュザンヌに対する人知れぬ抵抗であり、自分自身に対するもどかしさでもある。酒を絶ち、すべてを放棄しても、それが本来の自分を無理に押し込めているものであれば、いつ暴発してもおかしくない。他人に対する徹底した無関心は、裏を返せばそんな危険を孕んだ状態が臨界点にきていることを示す証拠だった。そこに現われたのが、息子ほども年の違うフーケだった。酒に溺れ、スペインの情熱に思いを寄せ、闘牛士を夢見る一方で、恋人が去った傷心と、放っておいた娘への愛情表現に脆さを見せる繊細な男。彼もまた、カンタンの夢と同じく〝酔い〟による幻覚の中にさまよい、痛々しい陽気さに心底の懊悩《おうのう》を覆い隠そうとする。そんな男二人が、世代を超え、通じ合うものを感じるのは時間の問題だった。

表題にある〝猿〟とは、混沌とした都会の森を離れノルマンディーの田舎町に臆病な贖罪《しょくざい》旅行を試みたフーケである。その〝猿〟の中に心を読み取って故郷の森に送り返したのはカンタンなのかもしれない。しかし、それはカンタン自身が〝猿〟の心に十分共感できたからであり、世代や経験や環境を越えた共通の傷を見いだしたからだ。そういう意味では、彼もまた虚しい施しを求め彷徨する〝猿〟であろう。また、われわれの誰もがそんな傷の疼きを持て余し、何処かをさまよう可能性のあることを暗示しているのかもしれない。

ブロンダンがこの作品を書いたときの年齢は三十代後半で、登場人物でいうとフーケの年齢に近い。自身も前妻との間に二人の子供がいる。時にカンタンの口を借りて語られる戦争や酒への思い、そして、子供や女、世間を見るフーケの目は、当時の作家の実生活と感傷を色濃く反映していると思われる。

なお、『冬の猿』は一九五九年度アンテラリエ賞を受賞し、一九六二年には名匠アンリ・ベルヌイユ監督のもと、ジャン・ギャバン、ジャン・ポール・ベルモンドを配して映画化されている（フーケ役のベルモンドから〝この役は原作者のあなた自身がやるのが一番いい〟とすすめられたが断った、というエピソードがある）。日本では幻の名作と言われながらも、なぜか長い間忘れられていたが、一九九六年十二月に公開された。

著者略歴

一九二二年四月一一日パリ生まれ。哲学の教授を志していた学生時代の一九四三年から、およそ二年間ＳＴＯ（対独協力強制労働）を体験する。

一九四九年、文学好きだった父親の死と編集者の依頼をきっかけに書いた初めての小説『ヨーロッパ野外学校』は、その軽妙さと過剰なまでの諧謔《かいぎゃく》から、文壇の知的安逸に対する反発として注目を浴び、ロジェ・ニミエ、ジャック・ローラン、ミシェル・デオンらとともに実存主義を嫌う〝軽騎兵〟のひとりとしての評価を得る。

以後、『神様の子供たち』『放浪気質』『冬の猿』など常に自分自身の生き方を見せるような作品を発表する一方で、生来のスポーツ・ファンとして『レキップ』誌を中心にツール・ド・フランスやオリンピックを取材した。また、『若きヴェルテルの悩み』や『華麗なるギャッツビー』、さらには自転車チャンピオンの自叙伝に至るまで百近い序文を書いている。

しかし、一九七〇年に酒場と留置所を行き来する作家の生活そのものとも言える『ムッシユー・ジャディスあるいは夜の学校』を発表してからは、約二十年間小説を書かず、酒を前に友に話すその夜かぎりの物語と、セーヌ左岸の乱行の伝説を残したままこの世を去った。

著者略年譜

一九二二年／四月一一日、パリに生まれる。父ピエール・ブロンダン。母ジェルメーヌ・ラグロー（詩人）は生まれた息子のために『燕麦の殻』と題する本を書く。

一九二四年／母親ジェルメーヌが大火傷を負い、以後十年間寝たきりとなる。

ルイ・ル・グラン中高等学校在学。哲学論文コンクールで第二次席。

一九四三年／パリ大学文学部に籍を置き、教授資格試験に備えるかたわら、私学で哲学の教師をする。『カイエ・フランセ』誌に執筆。STO（対独協力強制労働）で当時ドイツ占領下のウィーン南部の工場へ。

一九四六年／一月、週刊誌『エソール』に「若き亡命者へ」と題する小論を発表。以後数年『リバロル』『パロル・フランセーズ』など右翼系の雑誌に執筆。シルヴィアーヌ・ドルフュスと結婚、子供二人。

一九四八年／父親が睡眠薬を飲んで自殺。

一九四九年／処女小説『ヨーロッパ野外学校』発表。ドゥー・マゴ賞。

一九五二年／『神様の子供たち』この頃から『ラ・パリジェンヌ』『アール』『レキップ』『エル』などに執筆を始める。

一九五五年／『放浪気質』

一九五九年／『冬の猿』でアンテラリエ賞。

一九六二年／ロジェ・ニミエ事故死。

一九六九年／フランソワーズ・バレールと二度目の結婚。

一九七〇年／『ムッシュー・ジャディスあるいは夜の学校』アンテラリエ賞選考委員。

一九七五年／短編集『四季』

一九七九年／その全作品に対してアカデミー・フランセーズ文学大賞。

一九八二年／『作品の中の私』（評論集）パリ市小説大賞。

一九八八年／『左岸の散歩者』（対談集）

一九九一年／六月七日、癌で死去。

野川政美
一九五六年、神奈川県生まれ。
慶應義塾大学卒業。

冬の猿

二〇〇〇年二月二十五日　初版第一刷発行

著　者　アントワーヌ・ブロンダン
訳　者　野川政美
発行者　山田健一
発行所／株式会社文遊社
東京都文京区本郷三－二八－九　〒一一三－〇〇三三
TEL／〇三－三八一五－七七四〇
FAX／〇三－三八一五－八七一六
郵便振替／〇〇一七〇－六－一七三〇二〇
装　幀／スペースヨット・デザイン室
印刷・製本／中央精版印刷株式会社

乱丁本、落丁本は、お取替えいたします。
定価は、カバーに表示してあります。

© Masami Nogawa, 2000 Printed in Japan.

ISBN4-89257-032-X

ブコウスキー・ノート
チャールズ・ブコウスキー／山西治男訳

「好きなことを何でも書ける完璧な自由があった」というLAのアングラ新聞の連載コラム集。ブコウスキーの原点

本体価格／二五二四円

メタフィクションと脱構築
由良君美

初の体系的メタフィクション論。バーク、ド・マン論他所収。対談／井上ひさし、河合隼雄、山口昌男　解説／巽孝之

本体価格／三三九八円

セルロイド・ロマンティシズム
由良君美

ドイツ表現派、シュミット、寺山らの作品を記号学など広汎な知識で読み解く、分析的映画批評
解説／四方田犬彦

本体価格／二五二四円

サーカス　そこに生きる人々
森田裕子

サーカスの新しい動きを追ってフランスの国立サーカス学校へ。アーティストとの交流を通して迫るサーカスの魅力

本体価格／二七一八円

サーカスを一本指で支えた男
石井達朗

サーカスで何があったのか。元団長、川崎昭一が語る痛快・波瀾の五十年。サーカス界初のインサイド・ストーリー

本体価格／二二三六円

海底プール
泉　英昌

彗星のように登場し、その研ぎすまされた言語感覚が注目された詩人の待望の第一詩集。意味を脱いだ言葉が美しい

本体価格／一四五六円

鈴木いづみ関連図書

鈴木いづみ 1949〜1986

あがた森魚　荒木経惟　石堂淑朗　五木寛之　加部正義　亀和田武　川又千秋　川本三郎　見城徹
高信太郎　小中陽太郎　末井昭　鈴木あづさ　田口トモロヲ　田中小実昌　近田春夫　中島梓
萩原朔美　東由多加　巻上公一　眉村卓　三上寛　村上護　矢崎泰久　山下洋輔　他

モデル、俳優、作家、阿部薫の妻。サイケデリックに生き急ぎ、燃え尽き自殺した伝説の女性を38人が語る異色評伝　付〈詳細年譜〉　本体価格／二四二七円

阿部　薫 1949〜1978

相倉久人　浅川マキ　五木寛之　梅津和時　大島彰　大友良英　小杉武久　近藤等則　坂田明
坂本龍一　菅原昭二　副島輝人　立松和平　中上健次　灰野敬二　原寮　PANTA　平岡正明
藤脇邦夫　本多俊之　三上寛　村上護　村上龍　山川健一　山下洋輔　吉沢元治　若松孝二　他

伝説に包まれ、29歳で夭逝した天才アルトサックス奏者の生と死とその屹立する音の凄まじさを66人が語る異色評伝　付〈詳細年譜〉　本体価格／三三九八円

声のない日々

鈴木いづみ短編集

処女作『夜の終わりに』から、女流SF作家として期待を集めたSF、後期小品を収録。速度を追い抜く者の煌きを映す傑作短編集　本体価格／一九四二円

いづみの残酷メルヘン

鈴木いづみ

心と身体を傷つけ合いながらさまよい続ける少年、少女。やがて愛の幻想に訣別し、残酷な現実に立ち向かう。「東京巡礼歌」収録　本体価格／二〇〇〇円

タッチ

鈴木いづみ

恋愛ゲームも終わり、「失恋しても、空はきれいね」と透き通った明るい絶望感に辿り着いた若者たち、いつまで遊んでいられるか。　本体価格／一九〇〇円

[鈴木いづみコレクション]全8巻

**「そう。
わたしみたいなひとは、
この世にわたしひとりしかいない」**

「愛しあって生きるなんて、おそろしいことだ」

第1巻 長編小説 ハートに火をつけて！ だれが消す　解説／戸川 純

静謐な絶望のうちに激しく愛を求める魂を描いた自伝的長編小説。いづみ疾走の軌跡

本体価格／一七四八円

「たとえみじかくても、灼かれるような日々をすごしてみたい」

第2巻 短編小説集 あたしは天使じゃない　解説／伊佐山ひろ子

狂気漂う長い夜を彷徨する少年少女たちを描く短編小説集。初の単行本化作品5点収録

本体価格／二〇〇〇円

「あのバカはわたしたちの犠牲者になるべき人間なのよ」

第3巻 SF集Ⅰ 恋のサイケデリック！　解説／大森 望

明るい絶望感を抱いて、異次元の時空をさまよう少年少女たちを描いたSF短編集

本体価格／一九四二円

「わたしは男でも女でもないし、性なんかいらないし、ひとりで遠くへいきたいのだ」

第4巻 SF集Ⅱ 女と女の世の中　解説／小谷真理

時間も空間も何もないアナーキーな眼が描くSF短編集。初の単行本化作品5点収録

本体価格／一八四五円

Catalogue of books

生きる速度を上げてみようかな。

全巻カバー写真／荒木経惟

鈴木いづみ／1949年7月10日、静岡県伊東市に生まれる。高校卒業後、市役所に勤務。1969年上京、モデル、俳優を経て作家となる。1973年、伝説となった天才アルトサックス奏者、阿部薫と結婚、一女をもうける。新聞、雑誌、単行本、映画、舞台（天井桟敷）、テレビなど、あらゆるメディアに登場、その存在自体がひとつのメディアとなり、'70年代を体現する。1986年2月17日、異常な速度で燃焼した36年7カ月の生に、首つり自殺で終止符を打つ。

「速度が問題なのだ。……どのくらいのはやさで生きるか？」

第5巻 エッセイ集Ⅰ いつだってティータイム 解説／**松浦理英子**

「ほんとうの愛なんて歌の中だけよ」リアルな世界を明るくポップに綴るエッセイ集

本体価格／一七四八円

「帰っていくおうちがない。生きていても死んでいても、誰も気にかけやしない」

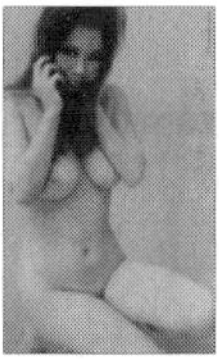

第6巻 エッセイ集Ⅱ 愛するあなた 解説／**青山由来**

男・女・音楽・酒・ドラッグ。酔ったふりして斬り捨て御免の痛快エッセイ集。初の単行本化（三篇を除く）

本体価格／一九〇〇円

「忘却してはいけない。決して。それがどれほどつらくても。でないと、もう歩けない。……遠すぎて」

第7巻 エッセイ集Ⅲ いづみの映画私史 解説／**本城美音子**

宿命のライバルであり、宗教でもあった阿部薫の死、その不在による絶望ゆえに輝きを増した傑作映画エッセイ集 本体価格／一九〇〇円

ビートたけし「あたらしい感覚のひとと、はなすのはすごいすきだ」、坂本龍一 田中小実昌 楳図かずお 近田春夫 嵐山光三郎 岸田秀 亀和田武 眉村卓 荒木経惟 阿部薫 70年代に狙いをつけた男たち――みんな〃いい男〃になっていた！

第8巻 対談集 男のヒットパレード 〈詩・戯曲・初期作品・写真・書簡・年譜・書誌他収録〉 解説／**吉澤芳高**

十五歳のときの作品（詩四篇、小説）、ピンク女優・浅香なおみ時代の写真、自殺直前までの六年間の手紙など初公開資料収録。 本体価格／一三〇〇円

全巻セット【本体価格／一五三八三円】

Art book collection

キマイラ

ホリー・ワーバートン写真集

【ホリー・ワーバートン】一九五七年、イギリスのエセックスに生まれる。写真を中心に、フィルム、CGなどを手がけるマルチ・アーティストとして活躍中。

その耽美的な作風で知られる著者の第一写真集。聖性とデカダンスの錬金術的融合。エッセイ＝林巻子、B4変形判

本体価格／八五四四円

だれにでもできるガラス工芸

由水常雄　NHK趣味百科講師

ダイヤモンド・ポイント／サンド・ブラスト／グラヴィール／カット／バーナー・ワーク／エナメル絵付け／パート・ド・ヴェール／モザイク・グラス

絵付けや彫刻から、溶かしたガラス粉を自在に扱う造形表現まで。初心者を対象に、手軽で多彩な技法を丁寧に解説

本体価格／二五二四円

踊る目玉に見る目玉

アンクル・ウィリーのザ・レジデンツ・ガイド

アンクルウィリー編著

湯浅学監修、湯浅恵子訳

「こんなもの聴くのに人が金払うっていうのかい?」ザ・レジデンツ

20世紀最大の謎のひとつ、目玉芸術集団ザ・レジデンツ。嘘か誠か、摩訶不思議な写真の数々を交えた噂の奇書！

本体価格／二七一八円

■ご注文は最寄りの書店をご利用下さい。直接注文の場合は送料をご負担願います。本体価格に消費税は含まれていません。